大阪人の掟

わかぎゑふ

集英社文庫

大阪人の掟―目次

第1章 大阪人の掟

第2章 ♪ 日本人の掟

第3章 ♥ 私の掟

第1章　大阪人の掟

大阪人の掟を知ってください①

『大阪人の掟《おきて》』……なんか大層なタイトルの本を出してしまいました。こんなタイトルを付けるとまた「大阪人は大阪好きなんだよね」と余計に誤解されそうで、怖いんですが。

この本は実際には「小説すばる」で連載していたエッセイをまとめたものです。掲載時は「○○vs○○」というように、何かと何かを比較して書いていたので「西のしきたり、東の流儀」というタイトルでした。

しかし、今回出版するにあたって、よくよく読み返すと、たいていが『大阪』『自分』『常識』vsという形で書かれていましたので、こんなタイトルと章分けになりました。

まず第1章の「大阪人の掟」。そうです、大阪人には大阪人にしか通じない掟があるのです。それを知っていただければ、少しばかり私達を理解してもらえるかもしれません。

まず大阪人は「あほ」「あほか！」と断定的に言われても、そんなに怒りません。そう言われる場合には必ず相手にも理由があるので、言い返さないのです。言い返す場合は明らかに喧嘩《けんか》する時です。

しかし「あほちゃうか」と言われると、むしょうに怒ります。喧嘩ではない場合でも、とりあえずは言い返します。

「なんでここにおるねん、あほちゃうか」

「あほとは何やねんな。あほとは」

というような返事をするわけです。「あほちゃうか」というのはたいてい、相手の都合で言われる言葉なので、決して自分が何かしてというわけではないからです。さっきの会話は、恋愛している若いカップルの会話でも、車が接触した時の他人同士の会話でも、同じように使われているわけですね。「あほ」と「あほちゃうか」には大きな差があるということをご理解ください。

大阪では「一国一城の主《あるじ》」が一番偉いとされています。ですから、たとえ一流商社に勤めて、年収1000万のサラリーマンになろうとも、間口半間の小さなたこ焼屋さんをひとりで開店した人のほうが偉いのです。たとえその人の年収が300万でも、圧倒的に自分の力で店を持っている人間の方が尊敬されます。

そんな2人が恋愛したとしても、年収の差でひけをとることは全然ありません。商社に勤めてると言ったら、彼女の反応は「なんぼ貰《もろ》うてんのん?」が最初にきますが、小さい店をやっていると言えば「すごいやん!」と先に賞賛されるでしょう。大阪の女の子を口説く時にでもお試しください。

それはいまだに太閤《たいこう》さん、秀吉の影響があるからでしょう。世界の歴史上でも類をみない、一生のうちに、国のどん底から頂点までを駆け抜けた男。それが今でも大阪のシンボルだからです。自分の才覚ひとつで生きるというスタイルはこれからも永遠に尊敬されつづけるでしょう。

それから、大阪人は個人を尊重した言葉の中に真実を見つける傾向にあります。私の友人が東京から大阪に来て住んでいたのですが、いい男なのにちっともモテないんですね。それで女性にどんなことを言ってるのか聞いてみたら「好きだってハッキリ言ってるよ」と答えました。

周りで聞いていた大阪人は幻滅しました。「そんなハッキリ言うたら、振られるで」と全員一致の見解を示したのですが、彼には何のことか分からなかったようです。大阪的な言い方で好きだと言うのならば「好きやねんけど……」とちょっと言いにくそうに言うのが一番効果的です。「好きだ」というのは「あんたがな。あんたがそう思

好きやねんけど……

ってるねんやろう」と思われますが、「好きやねんけど」と言われると、その後に「君はどうやねん？」と続くわけですね、なのでグッとくるわけです。

　ああ、ちなみに「好きだ。君はどう？」と言ってもダメですよ。一旦《いったん》言い切ってしまったら、あとで相手の気持ちを聞いても同じ効果です。先に自分の意思を示すより、相手の意思を聞くという意味での「けど」が必要なわけですから。

　これは日常でも同じです。「食べたいねんけど」「眠たいねんけど」「うるさいねんけど」などなど、「けど」が付いてると効果がぐっと変わるのです。

　人の迷惑にならない。これも鉄則です。道の真ん中で喋《しゃべ》ってるおばちゃん。駅の改札の前で待ち合わせてる女学生。タクシーを降りる時に財布を出し始めるおっさん。これらはみんな嫌われる対象です。「おいおい、考えて行動しろよ」と思われ、実際に他人から突っ込まれます。

　そのくせ、大阪の人は人なつっこいというか、甘えたの淋《さび》しがりです。商売以外はひとりの行動というのを嫌います。「みんなで食べようや」「一緒にしようや」と仲間をつくりたがるのです。他人にヒントがあるというか、自分ひとりではすぐに煮詰まるということを避けるためだと思います。

ま、代表的なのが甲子園の応援です。もちろん、我々も甲子園に行けばあの中にどっぷり浸かって応援するのですが、かといってあれが尋常なことだとは思ってません。テレビで野球中継を観てると、自然と「あほや」と口にしてしまいます。ええ。でも、行ったら行ったで必死に応援するんですよね。「今は巻き込まれてもええか」という気分があるのでしょうかね。命令されるとバラバラになるくせに、自分から加わると、ものすごく協力的になるという感覚を自然と持ってます。

そんなこんなで、大阪人はいつも日本中の人に「あそこはラテン系の国みたいだ。みんなが自分勝手で陽気だ」と言われたりしてますが、ちゃんとルールに則《のっと》ってまとまっているということを覚えておいてくださいね。ま、ルールと言っても、基準が少ないので、見つけにくいかもしれませんが……。

大阪人の掟を知ってください②

さて、大阪人の掟ですが、食いだおれの街と言われているので、食の掟もご紹介しておきましょう。

例えば「大阪人はうどん好き」と思われがちですが、実はそうでもありません。昔は確かにうどんしかなかったので、うどん好きだっただけで、実は単なる麺《めん》好きなのです。ですから、そばもラーメンも、スパゲティもこよなく愛しています。

軽いものがいい時はそばを食べ、焼肉の最後には韓国冷麺を食べ、酔っ払ったらラーメン、濃いものがいい時はスパゲティ、焼き物がいい時は焼きそばを食べます。「ほな、うどんはいつ食うねん？」と聞かれたら、もちろん鍋《なべ》の最後に入れるのはうどんでないと困るとみんな答えるでしょう。

うどんの権威が落ちたのではなく、もともと粉もん好きの文化なので、そこにたくさんの麵が入ってきて、それぞれに地位を得ていると考えていただけるといいかと思います。

それから、「粉もん好き」も実際にはマスコミなどが煽《あお》りだした言葉で、そない粉もんが好きか？　と問われたら、そうでもありません。

もちろん、たこ焼、お好み焼が大好きですが、粉もんというくくりではなく、あくまでも「ソースもん」というのが正解かと思います。

たこ焼、お好み焼の他に、焼きそば、焼きメシ、洋食、串《くし》カツなどがその分類でしょうか。ちなみに家で揚げる天ぷらにもソースをかけて食べる人が多いです。天つゆはパンチがなくてという理由です。

☺

大阪というより関西人はソース味が好きです。それは新しいもの好きというベースがあるからです。大阪だって、日本なんですから、明治までは醤油《しょうゆ》文化だったわけです。明治開国以降に「ソース」という新しいものを知って使い始めたわけですが、それは東京も、他の都市も変わりはなかったはずです。

他県ではソースをひとつのアイテムに取り入れただけに終わりましたが、生活の一部にしたということでしょうか。

スーパーに行けば「ウスターソース」「トンカツソース」「お好み焼ソース」「焼きそばソース」「たこ焼ソース」の他に「どろソース」と呼ばれるソースの釜《かま》の底の方

に沈殿した香辛料がたっぷり入った辛めのソース、反対に釜の上澄みをすくった味の薄い「白ソース」、トマトを多めに使用した「トマトソース」などが各社それぞれの知恵で豊富に売られています。いずれも料理によって使い分けられ、各家庭に最低３、４種類は常備されているのが常識です。

焼肉も大阪の食べ物だと思われがちですが、大阪全体に広がったのは１９８０年代に入ってのことです。理由は、大阪のダークサイドの歴史が大きく影響しています。そうです、韓国人への偏見や差別が根強い土地だったので、韓国料理を食べる機会が少なかったからです。

私は偶然、もよりの駅の一駅先がコリアンタウンという環境で育ったので、何にも考えずに小さい時から食べてましたが、小学校の時に、ホルモンが大阪弁の「ほるもん」つまり捨てるものという意味だと知った時はショックでした。昔は赤身のいい部分は日本人が食べてしまうので、在日コリアンは放《ほう》る部分（捨てる部分）を食べていたから、そう言われるようになったそうです。ひどい話です。

しかし、今ではすっかり大阪の食べ物の代表になりました。もともと美味しいもの好きなんですから、バカな偏見を取り去ってしまえば、当然かと思います。関係ないですが、うちの親父は偏見より美味しいもの派だったようで、よく食べに行ってました。そしてまだ小さい私を連れて行って、焼きセンマイ（胃の一部です）を頼み「ほ

ヤキソバは
広げて集めて
広げて
集めて
焼きましょう

ら、これは火星人の死体やで」と言いながら食べてたものです。あほというか……あほでしょう？

今でもある世代の人の中には、大阪に住んでいてもホルモンを食べたことがない人もいます。大阪人は誰でも食べているかのように勘違いされますが、そうでもありません。

「大阪の家庭には必ずたこ焼器があるのか？」ともよく聞かれるので、他にも書いたことがありますが、一応ここでもちゃんとお答えしておきましょう。「はい、あります！　普通です」。ご満足なさったでしょうか？

以前に九州の方に芝居に行った時に、そこのホールの人に「ほんとですか？」と念を押されたので、何がそんなに不思議なのか聞いたら、どうやって作るのかが謎だということでした。

それにもお答えしておくと、大阪のスーパーに行けば必ず「たこ焼粉」という専用の粉が売られているのです。あとはそこに書かれたレシピに従って水と卵を溶いて入れれば、誰でも生地が作れるという次第です。難しいものではありません。紅しょうがや青のり、天カス、かつお節も、たこ焼用のパックとして家庭の一回分くらいをセットで売っています。ですから、みんなそれを買って損のないように使い切るだけなのです。

あとはタコや小エビ、鱈《たら》などの魚と刻みねぎを入れて焼けば、楽しい食卓になります。もちろん、たこ焼がメインのおかずですよ。ソースもいいですが、具によって醬油や、ポン酢も使います。子供はケチャップやマヨネーズソースで食べてます。

我が家では多めに焼いたたこ焼に醬油をさっとかけて冷凍しておき、夜中にチンしてお酒のアテにしたりもします。あとはお吸い物の具にもします。「たこ吸い」と呼ばれてて、隠れファンが多いです。

まだまだ大阪の食べ物のルールは多いです。全国で一番ポン酢の消費量が多いとか、沖縄料理にうるさいとか、和菓子も京都の影響で凝《こ》りますし、洋菓子は神戸の影響で凝ります。

そんなこと言ってたらキリがないので、このへんにしますが、アメリカ制作のテレビの旅番組で大阪を紹介していたことがありました。そこで「大阪は江戸時代、商人が多く、着るものや持ち物に贅沢《ぜいたく》が許されなかったのです。そこで彼らは食べ物や娯楽にお金を費やしました」と解説してました。

私たちが食い道楽になった背景にはそんなことが！　と感心したものです。歴史ある道楽だったのですね。

東京オカン・大阪オカン

この項では、東京と大阪の母親達を比べてみましょう。なんといっても人間の人格を形成する最初の段階はお母さんから影響を受けるのですから、ひょっとしたら日本の中のラテン系と言われている大阪人の本質も分かるかもしれません。

まず大阪に住んでるから自分が突っ込み体質になったのだと自覚する時がよくあります。大阪では母親が子供になんでも突っ込みますから仕方がありません。

例えば小学校のテストで百点を取ってきた子がいるとしましょう。東京のお母さんはその時点で子供を褒《ほ》めます。

「百点、よくやったじゃない。偉かったわねぇ。頑張ってたもんね」

なんという優しさでしょうか、本当に母親というのはこういうことを言うべきだという見本みたいな感じです。ちなみにこれが大阪人のお母さんだと、次の4パターンくらいから返事が返ってきますかね……。

①「え、百点？　ほんまかいな、あんたでもやったら出来るんや」

②「嘘、あんたカンニングしたやろう?」
③「百点? マジで? へぇそんなに勉強してたか? まぁええわ」
④「百点とってきたん? 何よ、その自慢げな顔! あかんで一回くらいとってきても信用出来へんわ。もう一回とっておいで」

……これが普通でしょうか。ま、子供も慣れたもので、母親からそんなことで簡単に喜んで褒めちぎってもらえるとは思ってはいないのですがね。急に東京のお母さんたちのようにとっても優しくなられたら、逆に子供達は頭が混乱するかもしれません。

うちの母はパターン④な人でした。何をしてきても、褒めずに次も同じか、それ以上になれというのが彼女の教育方針でしたね。

だから私が優秀な成績だった子供の時はよかったのですが、漫画を描いたり、芝居をやり始めてすっかり成績が落ちてしまうと「あんたにはガッカリやわ。もうええわ。好きなことして暮らしていき。お母ちゃんは一切お金出してあげへんから」と最後通《つう》牒《ちょう》を渡され、東京に芝居の勉強をしに行くと言い出した時も「あっそ」と本当に一瞥《いちべつ》されて追い出されましたね。思えば恐ろしい母親です。

東京のお母さんは子供を叱《しか》る時も優しいです。千葉に知り合いの家があるのですが、そこの次男坊が振るった子供でして、お父さんが毎日「うちは貧乏なんだから、いいものなんか食わせてやれないんだぞ」と常々言って聞かせて育てているようなのです。次男坊くんはその言葉を真に受けています。なかなかキュートな少年なのですが……。

私達夫婦が遊びに行った時も、家族で歓待してくれて、うちの旦那《だんな》が好きだからと食卓にお刺身がずらりと並びました。

「大ちゃんが好きだから今日はお刺身だよ」

と、一家のお母さんが言うと、次男坊くんはふっと暗い顔をしてその食卓に並んだ刺身を見つめて言いました。

「母さん……雲丹《うに》は高級だよ。こんなもの買ったらお金がなくなっちゃうよ」

私はその時、彼を抱きしめてしまいそうになりましたが、困ったのは親です。お父さんは真っ赤になって「ばかやろう、お前、うちは毎日食ってるだろう」と突っ込んでました。

しかし、次男坊くんの悲しみは収まらなかったようで、彼はその後もごはんにごま塩だけをかけて雲丹を見つめつつ食べていました。よほど日頃の教育をしっかりと身にうけて育っているのでしょう。

そんな時、彼の母親であるM子さんは厳しい顔をして「ダメだよ、お客さんと一緒

えらないねん!!
えらい
えらいわぁ♡
えらい!
大阪オカン
東京オカン

にごはん食べないと。あんただけ頑固になっても仕方ないでしょ！」と言い、次男坊くんにお刺身を食べさせていました。

　嗚呼《ああ》、ここのお母さんは優しいなぁと私はぼんやりとその光景を見ていました。子供が雲丹が高級だと言い張るのは彼女達が普段は食べさせてあげられないから言っている言い訳なのです。それを信じてお客さんが食べても自分は食べない息子を、彼女は痛いほど愛しているのだなと伝わってきました。子供に「ダメだよ」で切り出す叱りかた、なんだかドラマを見ているような爽《さわ》やかな気持ちになったものです。

　ちなみにその次男坊くんは親戚が2家族一緒にディズニーランドに行った時もやってくれたそうです。旅行社の前を通った時にハワイのパンフレットを見て「父さん、一生に一回でいいからハワイに行きたいね。うちは貧乏だから外国なんか行けないけどさ」と言って泣いたという話です。

　なんでもお父さんがいつも、そう言ってきかせてるのを丸呑《まるの》みしてるようですが、ハワイって……今どき子供でも言わんで！　泣くほど辛《つら》いねんやったら、せめてアメリカ留学とか、世界一周とか言いな。という感じではないですか？　彼からはどこか昭和の少年の匂いがして大好きな子供です。

さてさて、その時もお母さんは「ごめんね。いつもお父さんが言ってるからだね、いつか行こうね。行けるよ」と彼に語りかけたそうですが……嗚呼……嗚呼……これぞ聖母！　これぞ母の鑑《かがみ》ではありませんか！　彼女の子供に生まれたかったとつくづく思います。

これに対して、うちの義理の姉の一家はすごいですよ。大阪は豊中《とよなか》に住んでいるのですが、彼女たち夫婦には2人の息子がいるのです。上がK太郎君、下がC平君と申しまして、うちの旦那にとっては甥《おい》っ子になります。

私は年の近い兄弟などいないので、小学校に通うような少年が甥っ子だというだけでも楽しいわけです。「甘えてぇ！」というモード全開になってしまいます。というのも関西では子供を甘えさせるのは親戚のおっちゃんや、おばちゃんの仕事といってもいいからです。当の両親は絶対に甘いことは言わないというのが普通の育て方です。

甥っ子、K太郎君は美少年です。お母さんもそれなりに彼のことを認めているようですが、ともかく「なんでも一番でないとあかん」と彼には言って聞かせてる感じです。

K太郎君がいい成績なのは当然で、ちょっとあかんたれなことを言い出すと「あほや、この子、また言い訳言うてるわ。あかんで、ママはそんなことに騙《だま》されへんで」
と切り返されます。典型的な大阪のオカンなわけです。

K太郎君はそのことを熟知しているので小学校の低学年の頃はマーケットなどに行く時におばあちゃんや私達を連れて行こうとしてました。我々なら何かお菓子を買ってくれると思っているからです。

「なぁ、これ買ってもいい？」

と美少年の小学生に聞かれたら「いいよ」と言ってしまうのは当たり前で、私はどうせ甘やかすポジションだからと買ってあげたりしていました。

すると義理の姉が近付いてきて「ええねんな、K太郎？　それ買《こ》うてもろたらどうなるか分かってるねんな？」と脅《おど》すのです。

K太郎君は魔女よろしく出現した母親に恐れをなして「もうええわ」と言うのですが、その時も義理の姉は「よっしゃ、分かったらええねん」と言ってあげるどころか「悪知恵ばっかり働かせてもママは見てるねんで」と厳しく突き放しました。

はぁ……大阪のオカンは怖いねん。と私は自分が子供の時に母親に言われたことを思い出しつつ彼女を見つめていました。

一度、お正月でしたか、家族みんなで「ババ抜き」をやっていた時も、K太郎君は人生最大の悲しみを味わっていました。

その日は大人が8人、子供が2人の構成で、負けたものが近所のコンビニへおでんの玉子を一個だけ買いに行くという罰ゲームがあったのです。「玉子一個だけは格好悪いで」などと言いつつ始まり、悪いことにK太郎君がビリになったわけです。

日頃から美少年で成績もいい彼は、ビリということだけでも耐えられない屈辱だったようですが、その上に家庭の団欒《だんらん》を抜けて寒い外に出て行かなくてはならないなんて、考えられない事態だったわけです。時刻もすっかり日の暮れた頃でした。

「え……ぼく……ひとりで行くの？」とK太郎君はちょっと淋しそうにみんなを見つめました。するとその時……。

「ローソン！　ローソン！　ローソン！」とコールが始まりました。6歳の子供に対して罰ゲームを敢行しろという合唱です。K太郎君は悲しみの淵《ふち》に沈んでいきました。あろうことか最初に叫んだのはうちの旦那の母でしたが……彼女はもともと千葉出身なのですが、関西に在住すること数十年。すっかり大阪のおばあちゃんになってしまっているみたいです。

ちなみに、その時泣き出してしまったK太郎君にお母さんは言い放ちました。「甘いねん、行っておいで」と。もっとすごかったのは義理の妹が彼をかばってあげるどころか「出た、K太郎の山よりも高いプライド、剃刀《かみそり》よりも細い神経。そんなんやからあかんねん！」と追い討ちをかけて泣かしていたのには脱帽しました。

きっとK太郎君は将来立派に口の悪い大阪人に育つことでしょう。


彼の弟、C平君はもっと過酷な条件で生きています。なんせ美少年で出来のいい兄と違って最初から人格を否定されて育ってますので……というのもC平君の方が頭がでかくて不細工キャラなんですね。

彼については、母親がまず指差して「聞いて、この子B型やねん。なんで生まれてきたんやろう？」と言い放ちますので、相当な扱いだということがお分かりだと思います。

「B型やったらあかんの？」と聞くと「だって、B型って変わってる人多いやん。私は子供にはいい子でおってほしいねんもん」と義理の姉はまたも真面目に言い返してきました。私もB型なのでC平君には共通点を感じるのですが……なんせマイペースな子で大阪のオカンの保護下ではかなり辛いことになるのが予想されます。

C平君はキュートな少年です。まずお兄ちゃんのK太郎君が大好きで憧れています。ゲームを一緒にやっていてもK太郎お兄ちゃんがヒーローのキャラを選ばないと怒ります。自分が悪者を選んでやっつけられたいわけです。くぅ……お前は「蒲田《かまた》行進曲」のヤスか？　と言いたくなるほどです。

しかし、彼らの母親はそれを冷静に「あほちゃうか。自分が勝ったらええやんか」と否定します。彼女にはC平君のへたれキャラが理解しがたいようなのです（へたれというのは大阪弁でダメという意味ですが、愛されるダメとでも言う方が正しいでしょうか）。

「もう、この子ムカつくねん。なに言っても平気やし、全然怒られてるって思ってへんねんもん」と彼の母はC平君に向かってよくそう言ってます。彼はその時も「だって分かれへんもん」と言い返してます。すごい関係です。

一度、義理の姉が息子2人を自転車の前後に乗せて家に戻る途中で「ああ、ママがもしパパと離婚しても2人とも絶対にちゃんと育てたるからな」と言い放ったことがあったそうです。彼女にもなにか思うところがあったのでしょう。後ろに乗っていたK太郎君は「ママ」と言って、ちょっと心配になったのか母親に抱きついたそうですが、C平君は白けた表情で「でもC平はパパの方が好きやで」と答えたそうです。

こういう少年には大阪のオカンもタジタジになってしまうのでしょうか。義理の姉はその時爆発して「もうええわ。もしほんまにそうなったら泣いても連れて行ってあげへんからね！」と子供の言い合いのような返しをしてしまったということでした。

東京の聖母型お母さん、大阪の否定型オカン……子供は生まれる場所を選べないのですから、いったいどちらに生まれてきた方が幸せなのでしょうか？　大阪人が大人になると言いたいことをきちんと言えるようになるのは、母親に突っ込まれて育ってきたせいだとすると、子供の頃は少々辛くても大阪に生まれた方が幸せなんでしょうかね……私は東京のお母さんみたいに褒め上手な母の手のひらに乗ってみたかったですが。

ファンの掟

日本人はめちゃくちゃスポーツが好きだと思います。世界中、どこの国に行ってもこんなにスポーツ番組をやっている国はありません。まして、国民が一丸となって観てるということもないですね。

大阪人も例外ではありません。４年に一度は必ず「オリンピックで寝不足や」という人が周りに溢《あふ》れます。ま、なにより私がそうですが……。

ご存知のように、大阪人のスポーツ好きのベースはプロ野球のチーム、阪神タイガースのファンです。しかし、今回この項目を書くにあたって、ちょっと考えました。というのも、健全たるスポーツファンの中で阪神ファンだけは少々変わっているからです。

まず阪神ファンは試合を観て元気を貰おうなんてちっとも思ってません。どちらかというと、自分達が頑張って選手に元気をあげようと思ってます。誰かがスランプだったら、必死になってその選手に自分のオーラを送ってたりします。そして、勝ったら勝ったで「ありがとう!」と感謝して歓喜するのです。なんか、ものすごく従順な家来みたいな感じですね。

2003年、2005年のシーズンで優勝した時も、甲子園球場での勝率はかなりのものでした。優勝してない年でも甲子園に戻ってきたら勝つんですがね。最近では阪神ファンがそれを分かってきたのか、日本中の球場に付いて行くようになってきました。「俺らがおったら勝つんや!」という感覚だと思います。尊いですね。選手も分かっているようで「甲子園のファンの声援のおかげです」と、口を揃《そろ》えて言います。やっぱりファンはありがたいんでしょうねぇ。

実際に甲子園に行けば分かりますが、阪神ファンの頑張りはものすごいです。ファンの掟として、攻撃してる時はまず一丸となって歌わねばなりません。選手ひとりずつの応援歌を知らなくても合わせて歌うのが決まりです。大丈夫です。知らないなりに歌ってると、勝手にどこからか歌詞カードのコピーが回ってきますので。

私もよく行きます。もう歌うわ、メガホン振るわ、立ち上がるわで、阪神の応援というスポーツをしに行ってるような感覚になるくらいです。

レフトスタンドの一番前には、応援団の先導をしているお兄ちゃん達がいます。試合をチラチラと背中越しに見つつ、自分たちは手拍子や歌の舵取《かじと》りをするわけです。オーケストラの指揮者のような感じでしょうか。甲子園の外野にはそういう人が何人、何十人かいて、みんなが足並み揃えて応援できるように観客の方を向いて立っているのです。

そして試合が終わると、お客さんが選手よりも彼らを讃えて「お疲れさんでした」と声をかけます。一種の影のヒーローですね。

「いやー、あの人、応援団の前におった人ちゃう？　声かけようか？」

「ほんまや、お疲れさんでした！」

なんて言ってる女の子もたくさんいますとも。たとえ阪神が負けても、甲子園でエンジョイしたことをお土産に気持ちよく帰っていく。これが阪神ファンの鉄則なのです。

もちろん、勝てばそれは相乗効果になり、もっともっと発散度が高くなるわけですね。「今日は最高やったな。めっちゃ応援した上に、阪神が勝ってんから」というのが正しい阪神ファンなのかもしれません。応援は自分のエネルギーを使い楽しく遊ぶこと、ということなのです。

だから阪神ファン＝甲子園ファンという構図が成り立ちます。甲子園にだけ行く阪神ファンも多いです。あの球場の中で楽しむことを前提としているので、大阪には「阪神ファンのファン」までいるくらいです。

阪神ファンという人種は、今では関西という地域に密着した「場」を愛する人たちであり、野球より甲子園が好きと言ってもいいくらいですかね。どちらかというと野球を知らなくても阪神ファンは成り立つ勢いです。実際、阪神の選手以外は他のチームにどんな選手がいるのか知らないファンも多いですし。

あと、阪神ファンの掟のひとつは、選手がチームを移っても応援することでしょうか。日ハムに行った坪井智哉や、オリックスの北川博敏など、元阪神の選手だった人たちもテリトリーに入れてしまうので、時々相手チームに元阪神の選手がいると、構わずに応援します。２００６年の交流戦では対日本ハム戦に出場していた新庄剛志に惜しみない拍手を贈りました。新庄も分かっていたのか、阪神のユニホームを着て出て来ましたしね。

元阪急ブレーブスの選手だった福本豊さんなどは、コーチとして阪神に関わっただけなのですが、気質が阪神的なので、ファンには「阪神タイガースの人」として容認されていますし、タイガースのＯＢ会にも特別に参加を認められているといいます。


このように、阪神ファンはとことん「場」と「人」の両方で成り立っていると言っ

子供の頃からスコア付けてるの。ず～～とや。
弱かったからな昔は簡単やってん！
HANSHIN

ていでしょう。それには暗い歴史があるからです。タイガースが弱かった時期が本当に長かったからです。みんなどこかにはけ口を見つけてるうちに、こういう体質になったのかもしれません。かつての阪神ファンと球団の関係は、まさしく古女房と頼りない旦那。たとえ稼ぎが悪くても、しっかりしてなくても、女房としてはよう別れんという時代が長かったのです。

つまり、我々大阪の阪神ファンはかつて、マイナースポーツファンのようなものだったわけです。ですから、私には注目度の低いスポーツを、どうもしつこく見てしまう傾向があります。そして、応援するより、してあげたいという気持ちにすぐなります。

そんなわけで、実は私はかなり昔から器械体操ファンです。もちろんオリンピックで日本が一時期強かったことも影響してますが、何よりミュンヘンオリンピックで種目別の金メダルを獲った旧ソビエトのオルガ・コルブトという選手に惚れたことが原因でしょうか。

彼女の出現はそれまでの女子器械体操界の考えを一新してしまった、と言っても過言ではありません。コルブトはそれまでの女性らしい肉体や、柔らかい動きをまったく否定したアクロバティックでバネの効いた体操を演じました。

現代の体操のスタイルの源流はコルブトから始まっているのです。体操ファンから言いますと、コルブトとモントリオールのコマネチの流れが少年のような肉体の少女達を多く輩出させていったわけです。

体が小さいことで回転の回数を稼いだタンブリング技を主流としていったわけですが、これを現在のホルキナのような身長が高くても技をこなせる、本当の意味での女性としての華麗な体操に変化させていったのは、誰あろうコマネチ自身でもありました。

モントリオールで１５３センチだった彼女は、モスクワでは１６２センチまで身長が伸びていたからです。それでも体の小さなシャポシュニコワや、ダビドワと同じ技をこなし、女らしさを強調することが出来るまでに達した肉体改造はお見事でした。

残念ながら、あの時は西側がオリンピックをボイコットする大会になり、ルーマニア勢は敵地モスクワではかなり分《ぶ》が悪く、コマネチの採点にも異常に時間がかかる嫌なムードの中で銀メダルに終わりましたが、体操を少年のような肉体で動きまわる少女の時代から、洗練された筋肉美を持つ女性のスポーツに変化させた実績は大きいと言えましょうね。

どうですか?　なかなか詳しいでしょう?　現在はアテネで出現したルーマニアの

ポレル選手を追ってますよ！　マイナースポーツのファンというのはこのように語れなくてはなりません。

ちなみにうちの旦那は野球の他に、ラグビーファンで、寒がりの眠たがりのくせに、必ず冬のシーズンがくると朝早くパッと起きて、ラグビーを観に行きます。その時に友達を連れていって、やたら解説を入れながらファンを増やすという地道な促進活動もしてますよ。

去年は私も一緒に神戸製鋼の試合を観に行きました。やはりあまり知らないスポーツを観戦する時は教えてくれる人がいる方が楽しいですからね。

ちなみに、うちの劇団の若手の子達に聞いてみると、まず数人がサッカーファンでした。20代前半なのでJリーグが小学校の時に始まったということで、ハマってたそうです。

卓球ファンのU君という子もいます。小学校の時に友達と一緒に習い始めたのがきっかけで高校まで続けていたそうです。その友達のお父さんが強い選手だったらしく、家に遊びに行くと世界大会のビデオなどもあり、テレビで観られないスポーツの魅力にどっぷりハマっていったようですね。

「キム・テクスという選手を尊敬してました。片面だけのラケットをペンホルダーっていうんですけど、その使い手で、めっちゃ上手かったですよ」と語ってくれましたが、卓球といえば、愛ちゃんくらいしか知らない私は「なんのこっちゃ？」状態でしたが。

日本拳法をやってるS君という子もいます。奴は今でも道場に通っていて、時間があったら体を鍛えているような男です。大阪は格闘技好きも多いのですが、彼の場合は最初漫画からのめり込んだらしいです。

「尊敬する人おる？」と聞くと「亡くなって、お墓も見つかってない人ですけど、李《り》書文《しょぶん》という中国拳法の使い手を尊敬してます」と教えてくれました。中国拳法の魅力はミステリアスなところでしょうかね。

弓道をやっていたK君という子も知ってます。彼の場合は「メジャースポーツ以外のスポーツをしたかった」という理由から始めたらしいです。「みんなが野球とかサッカーをやってたから、ひねくれてたので、誰もやってないクラブに入ったろと思ったんですよね」とのことでした。

このようにマイナースポーツ好きはいろんな理由をもち、それを語る場所もあまりなく、いったん語り出すと熱くなるという傾向にあります。

その根底にあるのは、阪神ファンとして、長く暗い、勝てなくても応援してきた時期についた底力のようなものかもしれません。

なんせ、昔は開幕してひと月くらいで必ず最下位。居酒屋で酔ったサラリーマンが「俺だけは見捨てへんぞ！」と泣きながら応援するチームでしたから。一勝したら「一連勝や！」と喜んでいた時代もありましたね。

ですから、今でこそ、甲子園中で踊ったりしていますが、みんな暗黒時代を忘れてないのです。だからこそ阪神ファンは選手に元気を与えに今日も騒ぎに行くのです。

ただの浮かれた集団に見えるでしょうが、大阪の阪神ファンにだって、そんな目に見えないダークサイドがあったことを是非知って欲しいと思います。

え？　浮かれてるようにだけ見えますか？　ま、今は実際にはそうなんですけどね。

ただ、私たちはにわかファンではありませんよ。いつまた阪神が弱くなっても、応援し続けますとも。だからこそ、今のうちに騒いでるんです。

イラチとあわて

大阪弁でせっかちな人のことを「イラチ」と申します。イライラしてる感じだからでしょうかね。いつでも急いでいて、ハキハキとものを言い、シャキシャキと行動する。そんな人のことです。こういう人は友達から「お前、イラチやな！」と子供の時から言われて育ちます。ちなみに私はかなりのイラチです。

それに非常に似ていますが、全然違うのが「あわて」。あわてん坊のことです。あわてはいつでも焦っていて、バタバタとものを言い、アタフタと行動します。「ちょっと落ち着けよ」と友達から言われたりもするでしょう。イラチがさっさと行動してしまわないと気がすまないのに対して、あわては本来自分がおっとり型だと自覚しているので、それをなんとかするために早く行動しないといけないと思い込んでる人、という感じでしょうか。

イラチとあわては行動の初期段階では似ていてなかなか見分けがつきません。仕事が入るとさっそく取り掛かるし、他のことをやってても、新しい方の仕事に手を出してしまうのも同じです。

「えっと、何やってたんやったかいな?」と、自問自答しないといけなくなるほど仕事を抱える傾向もまったく同じです。

ただ、「なぁ、お菓子あるねんけど、食べる?」なんて聞くと、イラチの人は食べ物よりも誰かがお皿を洗うことが気になるので、さっさと片付けますが、あわての人はいつまでも食べずに置いてあったりします。そうなのです。あわての人は自分の行動はせっせとしますが、他人のことまでは気にしない傾向にあります。おそらく、そのへんが本来はおっとりしてる性格の片鱗《へんりん》なんでしょう。

面白いのは、イラチの人は電車好き、あわての人は飛行機や車好きです。例えば、東京大阪間を新幹線に乗るか、飛行機に乗るか? と聞かれたらイラチの人はほとんど「新幹線」と答えます。同様にあわての人は「飛行機」と言うでしょう。

東京大阪間の空陸の選択はかなり微妙なものです。どっちがええねん? という疑問は誰の頭にもあるでしょう。

まず電車なら、東京駅(最近は品川駅もありますが)から新幹線に乗って、新大阪に着きます。そして3駅ほど電車に乗れば、大阪駅というまさしく大阪のど真ん中に到着。のぞみが2時間半ですから、家からの距離にもよりますが、だいたい家から目的地に4時間ほどみておけばいいでしょう。

のぞみの中では喫煙席を選んでおけばタバコを吸うことも可能です。あとはワゴンが回ってくる時にコーヒーやビールを買ったり、そのまま寝たりして過ごします。東京駅のそばには美味しいお弁当屋さんも多く、車内に持ち込んでいただくという手もあります。

座席の前には物が置けるようになったプレートがあり、そこにPCを置いて、DVDを観る人もいれば、書類を作ってる人もいます。もちろんただひたすらメールしている人も。ともかく男の人でもゆったりと座れるシートは、2時間半自分だけの空間です。その間は自由に使えるわけです。

イラチ型は新幹線に乗ってる時間は長くても、その間自分の好きに出来るし、ゆっくり頭を整理したり、食事をとることも可能だと主張します。彼らはその点では非常に理路整然として、合理的だとも言えるでしょう。

ポイントは頭を整理する時間が出来る、と思うところです。イラチの人たちは目的があってせかせかと行動するので、そのためには一度自分の行動を把握する時間が必要なのです。この点から考えると、イラチはスポーツマンタイプとも言えるかも知れません。

一方、飛行機好きのあわての場合はどうでしょうか。飛行機で東京から大阪へ行くのは約50分。時間的には新幹線よりかなり合理的です。ただし、空港までの時間がばかになりません。

まず、東京区内に出て、モノレールに乗って羽田へ、この時点で1時間くらいはかかるのが普通です。その後、搭乗手続きを済ませて搭乗口へ。ここでどんなにロスタイムを押さえても約20分。荷物を預けるのは止めておきたいところですが、何故か、あわての人たちは預けてしまうので、降りた後でそれをピックアップするのに約10分はみないといけません。

それから、飛行機に乗ったら、最初の10分ほどはキャビンアテンダントの指示などでシートを倒すことも出来ないまま離陸。自由に動けるようになったなと思うと、コーヒーなどがサービスされはじめ、東京大阪間だとこれが前から徐々に来るので、待ってないといけません。

そんなことでまた約10分。やれやれ、やっと飲み物を飲んでほっとしたと思ったら「皆様、当機はただいまより着陸の準備にはいります」というアナウンスが流れ、あっという間にまた自由が奪われます。もっとも自由もなにも、飛行機の座席は新幹線

あれえええっ
車どこや？

と比べると窮屈なので、何時間も快適に過ごせるわけではないですがね。

そんなこんなの窮屈な50分ですが、あっという間のために苦痛とまではいきません。ただ、慌ただしい感じをうけて落ち着かないだけです。ま、そのへんがあわての人にとってはいいのでしょうが。

で、ここから大阪は伊丹《いたみ》空港（大阪国際空港）に着陸するのが通常のパターンです。伊丹は正確には大阪ではなく兵庫県伊丹市。お分かりのように大阪の真ん中に出てくるまでには約30〜40分かかる場所です。以上の時間をざっと計算してみますと、だいたい3時間。確かに新幹線移動よりも1時間ほど早いのです。

あわての人たちはこの1時間にこだわります。「だって、1時間あったら何出来る？ 買い物とか、コーヒー飲んだり、ちょっと本読んだり出来るやん。得やんか」彼らはそう主張するのですが、イラチからは「新幹線に乗ってたら本も読めるし、コーヒーも飲めるがな。1時間で慌てて買い物なんかせんでもええやん」という反論も起きるでしょう。

あわてのポイントは、次々起きる乗り換えや窮屈な移動に揉《も》まれても、1時間をひねり出すという根性があるところです。イラチは案外あかん時はあかんと諦《あきら》めてしまう場合があり、あわての粘り腰みたいなものには敵《かな》いません。

それから、あわての人たちは細かいことが得意です。飛行機の次々起きる手続きや、乗り換えの切符の手配などが苦にならないように、彼らは「あれをこっちにやって、これをちょっとこっちに。ほんで……それはそのままで」といちいち細かいことにまで気が利きます。その点、イラチは全然どんぶりだと言えるでしょう。新幹線のチケット一枚買えば、主要な東京都内の駅から大阪市内まで行けるので、ややこしさがないと思うのと同じく、細かい気遣いなどには神経がまわりません。

「どうでもええやないか、そんな細かいこと」で全てが済まされてしまいます。

両者の決定的な違いは食べ物関係に現れます。だいたいの兆候として、イラチは食事は安い、早い、旨いが一番と思っているのに対して、あわては食事に関してだけは何故かグルメで、少々運ばれるのが遅くとも、少々お高めでも、美味しくてゆったりとした時を過ごせるならそれに越したことはないと考えているようです。

ですからイラチとあわてが一緒に食事をすると、メニューを見た段階で、イラチは「えっと……パスタか。ほな、このボロネーゼ。あとビール」とさっさと注文します。

すると、あわては「ボロネーゼか、それも捨てがたいなぁ。でもボンゴレもさっき食べてはる人見たら美味《おい》しそうやったし……うーんと……あ、飲みもん先に言うたほうがええな。ビールなぁ……イタ飯やしワインかな、でもあんまりワインのこと知らんしなぁ」と、喋るのは速いのに、決断が遅く、けっきょくイラチを怒らせます。

「どっちやねん！　はよせーよ！」と言われると、あわては急いで「あ、ごめん。ほなビールと、これでええわ」と目の前のものを指差してしまうのです。イラチはそういう決断が一番嫌いなので「ほんまにええんか？」とさらに突っ込み、「ほんま、ほんま」とあわてが答え、「嘘つけっ」と、さらに突っ込まれ、よけいに心配をかけてしまうわけです。


両者は似た人種だと思われていますが、一番反《そ》りが合わないタイプなので、仕事などでイラチとあわてが一緒になるとたいへんなことになります。

私の昔の部下が典型的なあわてでした。その当時を思い出すと、よく一緒にやってたものだと感心してしまいます。確か東京に仕事で行くのでホテルを取る時に、大喧嘩した覚えがあります。Tちゃんというその人が、私に合いそうなホテルを3軒もピックアップして選べと言い出したからです。

「Fさん、どうですか。出張でどこに泊まります？　ちょっと見て下さい。まず1軒目は渋谷なんですね。ここは朝に食事がつくんでいいかなと思うんですが……」

「うん、どこでもええ」

「あ、でもね、ちょっと次の日の仕事に行くには遠いんです」

「ほな、近いとこでええよ」

「ほんで、２軒目。ここはめっちゃ可愛いんですよ。一回泊まってきて下さい。なんかアメニティグッズもすごい充実してるし、お洒落《しゃれ》なんですよ」

「そんなもん、どうせ使えへんで」

「いや、そんなこと言わんと、ただなんですから使ってきて下さい。ほらＨＰの写真見て下さいよ。可愛いでしょう？」

「そやから、飲んで帰って寝るだけやからどこでもええねんって」

「ほな、３軒目はどうですか？　ここはちょっとＦさん好みですよ。和風でね……あ、でも朝の食事がもうひとつなんですよね」

「どないやねん！」

この調子でＴちゃんはいろんな意味で私をイライラさせた。もちろん、こういう風に構ってもらうことが好きな人もいるだろうし、彼女の細かい、世話好きな性格は決して悪いものではなかったが……女のおっさん気質１２０パーセントの私にはしょせん耐えられる相手ではなかった。

しかも彼女はあわて特有の大量の説明をバタバタとしつつ、要点をなかなか言わない傾向があり、イラチの私を激怒させるのが常だった。

「この依頼は、昨日来たんですけど原稿用紙で4枚くらいでお願いしますって言うてはりました。あ、○○新聞からです。学芸部の冨田さんって知ってはります？　締め切りが15日です、確か。後で確認しますね。それから原稿料が……」

「Tちゃん、説明はファックス見たら分かるから、何について書くの？」

「あ、そうでした。でも、ファックス見たら分かるんやったら、見て下さい。私が言うよりその方が正確ですもんね」

万事がこの調子で、Tちゃんとは合わなかった。あわてていろんなことをしてくれるのだが、どうも合理的でないというか、細かいおかずが多くて、イライラさせられるのがオチだったからだ。


我儘《わがまま》でテキパキ型のイラチ。本来のんびり屋で世話好きのあわて。さてあなたはどちらがお好きですか？　大阪では土地柄もあり、とかくイラチが優位に立ってる感じですが、あわてても普通の人に比べたらちゃっちゃと動くので、素敵な女性だったら、イラチほどきつくなくていい感じでもあります。

あ、唯一共通してるのはお金の計算にはシビアだということですかね。ま、大阪人はどんな人でもそれだけは共通してますが。

同じムジナでも

大阪の新生松竹新喜劇という劇団の演出をやりました。ご存知ですか？　松竹新喜劇？　大阪人だったら「ああ、松竹」とみんな認識できるんですが……。

簡単なご説明をさせていただきますと、大阪には喜劇の劇団が多くあるのですね。大きいところから、我々のような小劇場空間でやってる小さい劇団までを入れると、100劇団くらいはあるんじゃないでしょうか。

なんせ、喜劇の劇団というものがはっきりした形で商業ベースに登場してから100年ですから、いかに大阪に根付いているかお分かりだと思います。

昭和40年代には藤山寛美《かんび》を中心として、一世を風靡《ふうび》し、年間10ヶ月以上、ひと月の公演のプログラムも昼夜で6本も上演するというすごい劇団でした。私たちがちょうど小学生の頃で、毎週土日の昼から舞台中継があり、大阪らしい人情劇に泣き笑いしたものです。

関西圏内で生まれたら、実際の舞台を観たことがなくても、藤山寛美の丁稚《でっち》姿とか、物真似《ものまね》を知らない人はいなかったと言っても過言ではないでしょう。

極めつけはお客さんから、その場でリクエストをとり、そのまま芝居を上演してしまうという「リクエスト狂言」なるものをやってのけたことです。テレビ中継しか知らないんですが、それでもスーツ姿の寛美さんが「さ、それではどの芝居が観たいですか？」と司会をし、その場で衣裳を着始めたり、横でセットが立ち上がっていく様子は圧巻でした。いまだかつてそんな芝居の上演をした劇団は他にないと思います。

それが出来るということは、俳優もスタッフも常に数十本の芝居がすぐ出来たということであり、またお客さんもリクエストできるほど観てたということですから、いかに松竹新喜劇の人気がすごかったかお分かりになると思います。演劇人、とくに喜劇を目指す者にとって、あれは歴史的事件でした。


平成に入って寛美さんが亡くなると、娘である藤山直美が、お父さんの役を女性に置き換えたりしてまた人気を博しましたが、残念ながら彼女が出演しなくなったり、テレビや他の娯楽が増えたためか、最近は一時ほどの勢いはありません。

それでも松竹座や新橋演舞場、九州の博多座などで公演する大劇団であることに変わりはなく、我々にとっては喜劇の王族と言える人々でもあります。

そ、そんな大きなところに私が演出で呼ばれたわけですね。これは小劇場界の大事件でした。と自分で書いてるのも変な話ですが……。

呼ばれたきっかけは、私が主宰しているラックシステムという大阪弁の芝居ばかりを上演する演劇ユニットの公演を、松竹の人が観にきてくれたことでした。

5年程前に「商業ベースの芝居の演出にご興味があられますか？」と聞かれた時に「はい、それを観て育ちましたから、当然あります」と答えたのです。

しかし、なかなかそれが現実にはなりませんでした。なんせこっちは無名、向こうは王様です。会社の制作さんがひとり私を買ってるくらいでは、すぐに演出という責任あるポジションにつかせることは出来なかったのでしょう。

で、今回、晴れて演出をさせていただいているという次第です。いやー、初日は緊張しました。なんと言っても商業演劇ですから、有名人とか稽古場《けいこば》にいますから、会社の人とかもズラリとならんでますから！　ということで、「ではわかぎさんから、ご挨拶を」と言われて立ち上がったものの「あわわ……」となるだけで、「緊張してます」と言うのが精一杯でした。心の中では「ええ歳してなにやってるねんやろう？」という情けない気持ちでいっぱいでしたが……。

だって商業の稽古場は、前に私たちスタッフ、それと対面する形で主要なキャストが1列目に並び、その後ろに中堅、3列目に若手がという三重並び、円座には決してならないヒエラルキーに則った稽古場なのです。日頃、円座になった稽古しかしたことのない私にとっては「塾の先生やないねんから」という空間でしたね……ええ。

商業演劇はまずお稽古場の広さが全然違います。舞台と同じくらいの広さがあるのですね……私たち小劇場では稽古場というと、舞台の半分くらいのサイズしかなく、そこで広さを計算しながら稽古するのですが、商業では実際に同じ大きさでします。

それに舞台の広さも私たちは広くても幅七間（約13ｍ）くらい、狭かったら三間（約5・5ｍ）の舞台もあります。ライブハウスなどでコントをやる時などは幅2ｍなんて時もありますし。

それが松竹座はアクティングエリアだけでも八間（約15ｍ）くらいはあるでしょうか、近くで演出してると左右が見切れないような感じです。

それから、脚本が新作ではなく、松竹新喜劇の「裏表十八番」という狂言の中の1本だったので、前回、前々回に出演した人もいて、「前はこうやった」という実例が聞こえてきます。

私が今までのセットの上下《かみしも》（舞台で言う上手《かみて》、下手《しもて》のことで左右の意味です。念のため）を入れ替えただけで、年配の役者さんが「あれ、こっちが出入口でっか？ 前とちゃうな」と戸惑い、説明を繰り返すことになりました。何度もやってるので、台詞も決まっていたのが、私がかなり書き替えたので「今度の台詞は覚えても覚えても、覚えきられへん」と嘆かれ「覚えて下さい！」と叱咤《しった》することもありました。そんな時も自分より年上のおっちゃんばっかりなので、内心はドキドキしてるんですが、ケロリとした顔付きで言い放つふりをしてます。気後れすると、後悔しますからね。

そんな大きな劇団なのですが「肉練します」と言うとみんなキョトンとした顔付きになりました。肉練……肉体訓練のことなのですが、ウォームアップや、ストレッチ、走りこみを誰もやったことがないというのです。

「え？　じゃあ……腹筋とかは？」と聞くと「そうやなぁ、若い頃はやったけど」と答えられ唖然《あぜん》としてしまいました。

そこでまず私が演出助手に連れて来ているY子ちゃんが、スポーツストレッチをし始めたのですが、高度すぎておじさん達がリタイア。次に私がマッサージストレッチをし、好評だったのですが、演出をやってるので毎日は面倒みきれんということになり、今度はやはりうちの劇団から演出助手について来てるD君が「僕が、遊びながらできるプログラム組みますわ」と言い出し、今は演劇教室みたいなことになりました。

具体的には、ジャンケンして負けた方が両足を一歩ずつ、開いていくとかいうゲームが中心です。そのことによって開脚ストレッチがいつの間にか出来ているというゲームです。お分かりですか？

文化の違いは言語にも現れました。今回の芝居は歌舞伎のバックステージものなのですが、舞台装置や衣裳の打ち合わせの時も「このカツラは羽二重カツラではダメなんで、どうしましょう？」とか言われて、こちらサイドはチンプンカンプン。「カツラの種類ってそんなにあるんですか？」と教えを請わねばならず、スタッフさんをやきもきさせました。

舞台装置の担当も「暖簾《のれん》やねんけど、こんな感じの染めは、今から発注しても遅いで。そやから早《はよ》う言うてくれな。染め屋さんに出しても名前までは染め抜きできるかどうか分かれへん」と真剣に言ってるのですが、こちらとしては「え？　染め屋さんに出す？　……自分らで作るんちゃうの？」とお金のかけ方の違いに呆然《ぼうぜん》となりました。

しかし、こちらが「住んでる家は古い感じでも、中の調度品とかは今っぽい、町家再生みたいな感じの雰囲気がほしいんですよ。炭飾ったり、ベトナムっぽい感じの敷物とか、カエルのお香立てがあったりとか」と説明していくと、若いスタッフまでもが「なんて？」という顔付きになり、説明に困りました。

小劇場スタイル！
髪はバサバサが定番!!
マスクしてる人が多い
Tシャツは必ず黒です。なぜか…
☆あいかわらず小劇場の仕込みは早い。
ポケットの多めのパンツ いろいろ入ってますよぉ！
黒い足袋

「カエルのお香立て……」

「蓮《はす》の花でもいいです。真ん中にアロマキャンドルとか立てられる感じの」

「アロマ……？」

「そう、アロマキャンドル」

「カエルとか蓮の花の真ん中に？」

「カエルの場合は頭に置くようなデザインのが多いですけどね」

「頭に？　ろうそく？　お香立てやったら歌舞伎で使う豪華なやつはあるけど」

と、いった具合で、おおよそ今っぽいものに関するデータがなく、私の発する言葉のひと言ひと言が、宇宙人の言葉のように聞こえるらしいことも判明しました。


♪


芝居は三場もので、最後の場面には屋台のイタ飯屋も登場するのですが、その置き道具の話になった時も「イタリアンの店に行ったらあるような、赤や緑のナプキンがええなぁ」とか「ちょっとパスタポットとかに細めの乾麺とか入れて並べるとか。フィットチーネとか麺の太さが違うかっても可愛いんちゃう？」と言うたびに周りがメモをとる状況が続きました。

「普通のタバスコよりはハラペーニョとかガーリックオイルを置いて下さい」と言っ

た時はそれが頂点に達したのか、ほとんどのスタッフが半笑いで「ハラヒレホ？　なに？」と叫んでました。

衣裳さんと床山《とこやま》さんに「髪型は芦屋《あしや》巻きっぽいの、スカートはそれ系の子がはいてるような膝下《ひざした》まであるマーメイドラインのがいいんですけど」と言うとしばらく沈黙があってから「巻き毛で、タイトスカートでいいんでしょ？」と返事されて、困ってしまいました。

松竹では歌舞伎や時代劇に対する設備はあっても、現代となると昭和のどこかで止まっているような感じです。衣裳を布から自分たちで作るという観念がないのにも驚きました。

そんなことで、同じ芝居の世界の中で異文化交流しているような奇妙な体験をしました。ダメ出しひとつでも「そのままやったら、役者のモチベーションが下がるんで……」と言い始めると、おじさん達が内緒話をしつつ、最後にひとりが「すみません、モチベーションってなんでんの？　餅《もち》の持ち方とかそんなこと？」などと言い出すので、こちらは拍子抜けしてしまいます。そのくせ、言い返すことがベタで面白いので、笑わせられっぱなしで、稽古がなかなか進行しない状況でもあります。

そうそう、お金の決め方も面白いですよ。小劇場の場合はギャラの出る公演が少ないので、最初に誘う時に「ギャラはこれだけしかない」とか交渉をするのですが、なんといっても松竹さんは払うことを前提にしてるので、今までにまだ一度もお金の話をしたことがありません。担当の制作さんから「演出料のお話が残ってますんで、どこかでお話しさせて下さいね」と稽古が始まって10日くらいしてから言われたことが一回あったきりです。そのへんの悠長な感じが、会社という感じでもありますね。

あ、最初に書いておくべきでしたが、あまりのショックにすっかり忘れていたのが、稽古日程です。商業の方々はなんといつもは10日ほどしか稽古しないとのことで、今回私が3週間前から招集させてもらったのには、みなさん大ブーイングだったらしいです。なんでも松竹新喜劇始まって以来の珍事だったとかで……。

中堅の女優さんに聞くと「いつもはお稽古4日ずつくらいで、2本立てのお芝居するんです。端役《はやく》の稽古はほとんどないんで、いつも本番の舞台の上で関係性とか作ってなんとかしてるんですよ」とのこと。その時はさすがに、「うちの稽古は最低4週間以上、下手したら6週間はある」とは言えませんでした。「本番より長い稽古はやめとこうよ」と言われたりしましたし、時間の観念が全然違うようです。

溝は深いのか⁉

「男と女の間にはぁ♪　深くて暗い河があるぅ♪」という歌がありますね。いつもよく出来た歌だと思います。実際に男と女の精神構造はどのくらい違うものなのでしょうか？

先日私と友人が道を歩いてると、不動産屋の前に出ました。そこへちょうど金髪で今どきの格好をしたカップルが出てきたのです。私はとっさにおっさん口調で「これから一緒に住むんか？　な？　住むんか？　大変やぞぉ、もう遊んでられへんなぁ」などと冗談を言いました。

友達が「あんた、すぐにおっさん化するのんやめてぇ、本人に聞こえるで」と突っ込んできましたが、そこでふと思いました。これがおばさんだったらきっと彼らを見て「いや、これから一緒に住むの？　楽しいのは今だけやよぉ」と言うのでしょう。

確かに若いカップルに「大変やぞ」と言いつつエールを送るのがおっさんで、「今だけやよ」と釘を刺すのがおばはんです。男と女は中年になっても進化し続け、交わらないように出来てるのかもしれません。

女は現実的にものが見えます。以前、同棲をしていた私の後輩が彼氏に「机の上を片付けて」と言っても彼が全然やってくれないと嘆いてました。そこで彼氏の方に「たまには片付けてやったら？」と言うと、答えが想像を絶するものでした。

なんと彼は「だって全部机の上に載ってるんですよ。あれ以上何を片付けるんですか？　机をどこかに片付けろっていうんかな？」と答えたのです。

ほほぅ！　そこへ来ますかと私は感心しました。男の子は机そのものが片付けるものの対象になってしまうことはあっても、机の上を片付けるという発想は持ち合わせていないわけです。これではどう彼女が怒っても何も片付くわけはありません。

女は目の前の物が全てクリアに見えます。机の上の物が整頓できてないとイライラするわけです。タバコは右側に固めて欲しい。灰皿は真ん中に、コップはあんまり端っこにおかない、それから新聞は左側というふうに、男たちにとってどうでもいいと思える細かいことにこだわります。

同じように生活にも女は細かいわけです。先日知り合いの男の子が彼女のことで頭を抱えているので相談にのりました。

彼の悩みは彼女のことが死ぬほど好きなのに、話をするとややこしくなって振られそうということでした。彼、M君は32歳の役者です。はっきり言って男が30代で役者をやるというのは大変なことなのです。

周りの同級生や友達はどんどん稼ぐようになり、一人前の男になっていく。要するに金銭的に結果を出していくわけです。ところが役者をやってると収入が極端に少ない。その上、就職なんて出来ないので30代になってもフリーターです。

「お前、もう30やで。ちょっとは考えろ」と周りから言われるのは当然です。年収がバイトで１００万なんて役者はゴロゴロいます。普通の人と比べたら、働かないで何やってるの？という突っ込みをもらうのは当然のことです。

M君もその例に漏れません。芝居のためにバイトをし、芝居の稽古が始まったらバイトを辞め、またオフになったらバイトを探す生活を繰り返してます。はっきり言って一番効率が悪い方法です。

しかし、芝居の稽古は普通は夜。土日になると昼もあり、本番の３日前くらいからは一日中、本番が金曜～日曜で多くて５ステージくらいというのが通常のパターンでしょうか。

すると本番の週はバイトを休まなくてはならないわけです。バイトでそれが許してもらえない限りは辞めなくてはならないのが基本的な役者の考え方です。なんと言っても芝居をやるためにバイトしてるんですから「バイトが忙しくて稽古に来られない」なんて人はいません。

お分かりでしょうが、M君の生活はそうなると月曜～金曜の通常の労働時間だけというこ とになります。時給900円のバイトがあっても、一日8時間労働で週に3万6千円。月に約15万ほどの稼ぎしかないわけです。

そんな彼が彼女と話をする……32歳の男が同じような年頃の女とする話です。当然、具体的な自分達の話に決まってます。

「私のことどう思ってるの？　生活していけるの？」なんて言われるわけです。

私もかつて言いましたね。若い頃に同棲をしてる時の話ですが、「生活ってなんか知ってるの？　家賃が8万で、光熱費とか電話代入れたら10万かかるねんよ。食費が切り詰めても5万、週末ちょっと外で食べたら5万じゃきかへんわ。まだまだ家にないものもあるから買わなあかんし……それぞれのお小遣いかっているし、2人で月に25万は軽くいるで」なんてね。

M君も彼女にそんな生活の具体性を求められたようで、ただただ呆然となっていたらしいです。20年も前に私が25万を基準にしていた生活、今ではもっとお値段も跳ね上がっているのでしょう。バイト生活の男にそんなこと迫っても仕方ないと思いますが、女というのはそういうものなのです。

男は漠然としてます。自分の目標についても「役者で食えるようになりたい」と思いつつ、具体的な計算なんてなにもしてないわけです。40までにはバイト生活を辞められるようになりたい、とか、せめて彼女と結婚できたらええなと思う程度で、後は日々を一生懸命生きているというのが本当のところです。

例えばここに携帯電話代を滞納しているカップルがあったとしましょう。彼女または彼氏に連絡がとれなかったら、女は真っ先に携帯代を払いに行くことを考えますが、男は彼女の声が聞きたくて、彼女の家に行きます。女性は機能を整えようとするのですが、男性は気持ちを整えようとするわけです。この違いは永遠に埋まることはありません。

M君はきっと「今の自分じゃどうにも出来ないのに何が言えるんや？」と思って呆然としているのでしょう。

一方彼女の方は「何でもええから具体的なことを言うてほしい」という欲求が高まっているに違いありません。M君が役者でバイト生活なら、それなりに「月に○○円しか稼ぎはないけど、将来のためにお金がある時は預けるから貯めといて」とか、「35歳まで芝居やって食って行かれへんかったら辞めるから待ってて」なんてことをです。

女は具体的な返事を待っています。自分の提案が否定されることを好みません。極端な話「一緒に暮らすならニューヨークがいいと思うねん」と提案したら、その答えが「無理やわ」では許せないわけです。

なんでもいいから「ああ、ニューヨークか、ええなぁ」と一旦言われたいわけです。男にしてみたら「おいおい、そんなこと言われても」と思うことでも、彼女達は肯定されたいという気持ちが強いわけです。

もちろん女だってバカじゃないので実際には簡単にニューヨークに住めるとは思ってはいません。ただ何も考えずに否定されるのが嫌いなのです。嘘でもいいから「いいねニューヨーク、俺も一緒に住みたいわ」と言われてから「でも今は無理やなぁ、ごめんな」という順番で来られたら満足するのが本質というところでしょうか。

そうです、そんなことに気がつく男なんてなかなかいないので男と女はすれ違うわけです。M君はいい奴ですが、その点は誰よりもボーッとした人間なのでこれからも彼女とモメるでしょう。健闘を祈りたいところです。

さて、女はそんな現実的なことを言いながら神経の太いところがあります。例をあげれば食べ物に対してはたいへんルーズです。というかこまめにエサを摂取しないと

ごめん……
飛んでな
うん！
男と女の間の深い……溝……。

性格が変わる傾向にあります。

私の知ってるテレビの敏腕女性プロデューサーは日頃はものすごく仕事の出来る人ですが、朝から何も食べられないようなバタバタした現場で昼の1時を過ぎると切れます。

「もうあかん、仕事なんかやってられへん」と急に言い出し、ともかくどこででも何か口に入れます。パンでもおにぎりでもいいみたいですが、さっきまで書いてた大事な企画書の上にそれらを広げて食べている姿はすさまじいものがあります。

彼女に一日中何も食べさせないで働かせたら大変なことになるでしょう。女はともかく食べ物は共有物と考えてます。人の食べてるものが美味しそうだったら「ちょっとひと口ちょうだい」ということにテレはありません。

そんな女性達の食欲に巻き込まれた男達の悲劇を知っています。しかも2件あるのですが、同じシチュエーションで、同じ結末でした。

1件は後輩のカップルの話です。彼氏の方が料理好きで、ある日、麻婆茄子《マーボーなす》を作ったと思って下さい。彼はそれを夜食に食べようと思って出かけました。

ところが戻って来ると彼女がすっかり食べてしまっていたのです。彼の怒りは収まらず「え？　全部食べたん？　嘘、何も残ってないの！」と念を押しましたが「うん、美味しかったわ」と喜ばれて怒るわけにもいかず、ただ心の中で「絶対別れてやる」と誓ったそうです。

もう1件もやはり知り合いの夫婦なのですが、こちらも旦那の方が料理好きです。ある日家に戻ると何も食べるものがなかったのでごはんを炊いて、冷蔵庫に一切れだけ残っていたシャケを焼き、それをビールを飲みながら食べようと用意を整えてから、先に風呂に入りました。

そして出てくると、なんと奥さんがそのシャケとごはんを美味しそうに食べていたというのです。

「お父さんが作ったん？　美味しいわ。ありがとう」とシャケをパクパク食べてる女房にニッコリ笑われて彼は怒れなくなり、心の中で「残しておいてくれ」と祈ったそうです。

が……残念ながら彼女は全て綺麗に食べてしまったそうです。彼は後に怒り狂って私のところに電話してきました。

「なんであいつは分かれへんねん？　どう思う？　日頃は細かいこと言うくせに。自分が何も作って行けへんかったから家に食うもんがないのに、なんで『お父さんが作ったん？』って聞くねん！　俺に決まってるやないか。しかもなんで全部食えるねん！　くっそう絶対浮気したるねん。俺は絶対メシ作ってくれる女と付き合うで」

2件ともそれは実行されました。後輩達は別れ、友人は料理好きの彼女としばらく付き合っていましたから。

金銭や生活に現実的な女性と理想的な男性という本質も、食に関しては違うようです。女は見境なく、男は所有欲にかられる本性があるのでしょうか。まだまだ観察の余地はありますが……。

男と女は対極のマークのようにまったく交わることなく綺麗に分かれているのに、俯瞰《ふかん》してみると一対になっている不思議な関係性をもっています。

だからこそ楽しいのかもしれませんし、だからこそ気になり、だからこそモメるのでしょう。いずれにしても同じ観念を持った人間なんていないのですから、その違いを楽しめるようにならないと一緒にはやっていけません。

余談ですがうちの旦那は今、糠《ぬか》漬《づ》け作りに凝っています。この間は大根のたまり漬けも作っていました。いったい彼のどこにそんなことをしようという気持ちが隠れていたのでしょう？　謎ですが、家の中には毎日漬物類が増えていきます。……私に出来ることはそれを楽しんで食べることくらいです。彼は私の人生最大の謎の人。そして最高の相棒ですから。

どっちもどっち?

みなさんはどこでお育ちになられましたか? 私は大阪の九条《くじょう》という所で生まれ、3歳からは玉造《たまつくり》で育ちました。

九条と玉造がどんな所かと申しますと、ひと言で「超下町」と言い切れるかもしれません。九条は大阪港に近く、昔から船舶関係者が多く住んでおりました。うちの父の仕事も客船の乗務員だったため、家族でそこに住んでいたようです。

戦前から、沖縄から集団就職で来る人が多く、たくさんの琉球人《りゆうきゆうじん》が住みついた場所でもあったようです。今のような沖縄ブームのずっと以前ですので、彼らがすぐに歓迎されたわけではありませんでした。貧しい生活を余儀なくされているというだけで「沖縄の人のところへ行ったらあかん」と教育するところもありました。言葉は悪いですが、かつてのドヤ街という場所が点々とあったわけです。

しかしながら、そんな彼らの多い町は、もちまえの陽気さと、歌と、美味しいもので溢れていました。うちの親戚にはその中の美人と結婚した者もおります。

長く受けいれられなかった沖縄が今では憧れの地になっていることも、少しばかり身近な私には喜ばしいことです。

それから、玉造は隣の駅が大阪一のコリアンタウン、鶴橋なので、九条の沖縄人街に対する同じような感情と扱いが、今度は在日コリアンに対して行われていました。

これまた最近の韓流ブームの中おばちゃんにまで火が付いたことを喜ばしく思っております。

と、申しますのも、やはり子供の頃から近所にそういう特別な料理を食べさせてくれる、温かい人たちが住んでいますと、自然と影響を受け、友達が出来るものですので、私の中では「ほらみろ、そやから言うてるやん！　ええとこやって」という思いが湧いてくるからでございます。


さてさて、そんなわけで私は比較的ごちゃごちゃした都会の中の下町で育ったわけです。子供の頃から好きだったのは路地などに入り込んで秘密基地ごっこをすることでした。

なんと言っても醍醐味《だいごみ》は警察の物《もの》見櫓《みやぐら》に登って遊ぶことでした。昭和40年代の初めくらいまでは交通安全の見張りのために、大きな交差点の角にボックスのようなものが建てられていたのです。たいていは地上3階くらいの高さにあり、鉄のはしごが掛かっていて、登っていくと2畳くらいのガラス張りになった小さな部屋がありました。ちょうど鳥の巣みたいな感じでした。

そしてそれらはすでに使われていない場合が多く、秘密基地ごっこをするには格好の場所だったのです。ただし、交差点の角というたいへん目立つ場所にあるので、堂々と登っていかないと大人に叱られることになります。もちろん高い場所にあるのでそれなりの運動神経も必要でした。

「よっしゃ、今日は駅前の物見櫓に立てこもるで！」などと友達と目標を立てて、実行に移す時のワクワク感は最高のものでした。

また10歳くらいになると、近所のデパートまで歩いて遊びに行くのも趣味にしてました。歩いてといってもうちから一番近いデパートは松坂屋で、距離は4キロほど、駅で言うと2つほど北西にあります。子供がひとりで遊びに行くには遠かったのですが、私はこの冒険がとても気に入っていました。

その後、それだけでは飽き足らず、そこから2駅ほど西にある三越にも歩いて行くようになりました。きっとあの頃は歩いたら着くという感覚が楽しかったのだと思います。

そんな都会の中でゴチャゴチャ感に慣れながら大きくなったので、私は人といることが苦痛ではありません。

家の中に誰かが住んでいようが、自分の時間がなくなろうが、「ま、どっかでひとりになって考えたらええか」と思うくらいです。喫茶店とかお風呂に入って自分の考えをまとめるくらいで、集中する時間は十分に確保できます。

また、実家に叔父一家と一緒に暮らしていた時期が10年あったので、誰かが自分の服を着ていたり、靴を履いていたりしても気になりません。子供の時はお下がりが当たり前だったので、所有観念に欠けているのかもしれませんが。

そんなわけで、私は都会っ子です。町に緑がなくても気になりませんし、他人と肩が当たるようなお店でごはんを食べても美味しく食べられます。育った場所の影響か、たいしたこともないのにお金持ちぶったり、差別意識のあるおっさんとかおばはんが大嫌いです。新聞で、倒産した会社の奥さんとかが「これからは皿洗いでもなんでもして暮らさないといけませんから」などと語っている記事を読むと「あほちゃうか。皿洗いでもなんでもって、それが職業差別やっちゅうねん。皿洗いが迷惑じゃ！」と、つい罵《ののし》ってしまいます。

うち京都育ちです。
そやし、はんなりしてるけど
けっこうキツいです。
うふふ…
かんにんね♡

部屋が狭くても平気ですが、その分、小さな空間でも整頓されてないと嫌な方です。階上や階下で人が住んでいても気になりませんが、あんまりうるさかったら堂々と文句を言いに行きます。

ちなみにうちの旦那と私が結婚し、生活している最大の理由は、私が気持ちいい環境が彼にとっても気持ちよかったからでしょう。彼は大阪一の歓楽街、十三《じゅうそう》で育ちましたので、私に拍車をかけた都会好き。

「広いとこ？　そんなん嫌いや」と言って憚《はばか》りません。もちろんアウトドアを趣味にすることは一生ないと言い切っています。

「田舎に住む？　うーん……2時間くらいやったらなぁ」という人種です。

そうです。私たち夫婦は田舎がダメなのです。確かにリゾートホテルなどに行き、数日を過ごすと「ええとこやなぁ」と思いますが、人の住んでいる音がしないと淋しくなってしまう体質なわけです。


これに対して、田舎の人はどうなのでしょうか？　最近は大学などで都会に出てきたものの、田舎に戻る人が増えつつあると言います。

田舎……まず家が広いですね。私が若い頃、一緒に暮らしていたK君が田舎の子でした。彼と話をしてて最初に意見が合わなくなったのは「2階の大家さんの子供がうるさい」と本気で怒り出した時でした。

「それくらいええやん」と私が言うと、K君は信じられないという表情で「だって、足音が天井駆け巡ってるんだよ。それでもいいの？」と言い返しました。

「子供やねんから、しょうがないわ」

「子供だからとか、そういうこと言ってるんじゃないよ。足音で気が変にならないの？」

「なれへん」

「なんだそれ？　耳悪いんじゃないの？」

この調子でK君は本気で怒りました。また、彼は私が家の襖《ふすま》にポスターを貼った時も本気で切れました。最初はそのポスターが気に入らないのだとばっかり思いましたが、よく話を聞いてるとそうではありませんでした。

「なんで、このすっきりした空間にこういうものを貼れるんだ？　家の中がごちゃごちゃするでしょう？」と彼は怒っていたのです。

「ははぁ……そっちか！　空間が狭く感じられるのが嫌なのか！」という具合です。

この彼氏との衝突を最初に解明したのは誰あろう、うちの母親でした。彼女は私がモメている話をすると、あっさり「その子、田舎の子やろ？　そら、あんたとは合わんわ」と言い放ちました。

部屋が広々としてて、すっきりした方が気持ちがいいと感じ、2階に人の足音がするのを嫌うK君は田舎の子だと言うわけです。

「なんで？」

「田舎の子は2階がないからやんか。お母ちゃんも大阪に出てきた時一番嫌やったわ」と、母は当たり前のように言ったのです。私はその後、母の言うとおりだと何度も思い当たることになりました。

K君はバイクを買い、段々と休日は田舎の方へツーリングに行くようになりました。「たまには田舎の空気も吸わないとな」という理由でしたが、それは都会人が感じるような自然と触れ合いたいという欲求とは違っていたようです。

極めつけは、お風呂屋談義でした。それはK君の田舎の友達が泊まりに来た時のこと、私が「お風呂屋さんが好きや」と言うと、彼らは露骨に嫌そうな顔をしたのです。

「風呂屋？　ええーっ！　あんな芋《いも》洗いされてるみたいなとこに入って気持ちいいか？」

「だって広いし、人がおって面白いやん」

「人がおって面白いってなに？」というような会話になり、若かった私はブチ切れしました。ところが、彼らは当たり前のように言ったのです。

「だって、うちの田舎の家の近所に風呂屋なんかないもん」

これには衝撃を受けました。私はぽかんとして「ほんなら、お風呂が壊れたらどうするの？」と聞き返したのです。すると彼らは火が付いたように笑い出しました。「その時は、近所の風呂借りに行けばいいでしょ。1日か2日のことなんだから」彼はそう言い、また笑いました。私はその時初めて田舎の家にはお風呂が付きものなのだとやっと分かりました。都会の中にはお風呂のない家がまだまだあった時代でしたし、あっても小さくて狭いので風呂屋に行く方が気持ちいいというのが当たり前でしたから。

そんなわけで、私はギャップを感じながら田舎の子と一緒に暮らしていたのです。K君は「便利だし、仕事があるから仕方なく住んでるけど、本当は田舎の方がいい」とよく言っていました。

私はどんなに頑張っても都会で育った分、田舎暮らしには向かないでしょう。そうするためには考え方を変えないといけないと思います。

部屋の広さや、風の通る寒さ。誰かがいる気配のないことの怖さとか……そうそう家から駅までの距離。気軽に近所のデパートに歩いていくような気分転換を山や海に求めないといけなくなるでしょう。

何よりも、買い物の不便さに慣れないといけないかもしれません。都会に売っているような「鍋用の野菜パック」なんて便利なものは望めないのですから、大きな白菜とかキャベツを切って、その芯《しん》を生ゴミとして処理しないといけないのです。いや、家の庭に捨てればいいのでしょうかね。そんなことも想像がつきません。

きっと電車の時間も知ってないと、困ったことになるのでしょう。タクシーも簡単に拾えませんしね。

そしてなによりも、田舎の人と喋れるのか？ 喋ってわいわい騒げるのか？ と心配になります。毎日同じ風景を見てて飽きないのかも……はぁ……田舎はやはり広くてとてつもないですね。

そういえば、10年ほど前にアフリカに行った時に「あ、ここには住めない」と漠然と思ったものでした。あまりにも自然がありすぎて、路地裏とかがないとほっとしない私には隠れ場所のない怖さがあったからです。

なぜ、こんなことを書くかと申しますと、最近になって田舎に嫁いだ友達が続々と離婚して戻って来てるからです。きっとひと昔前なら我慢して一生を過ごしたのでしょうが、女性も自分の人生を考えるようになりましたから、育った空間のようなものが肌に合わないと落ち着かないのでしょう。

だからといって都会に何があるというわけではないのですが。狭くて安心するのか、広くてホッとするのか……人間はやはり動物なので、そんなところで精神状態のバランスを取るのだと思います。

さて、あなたは本当に心地いい空間に住んでいますか？　そして気持ちよく過ごしてますか？　見栄をはって大きな部屋に住み、寒々しい思いをしてるのなら、今すぐ狭い部屋に戻った方がいい人もいるような気がします。

大きな広い空間を所有するのがお金持ちという観念は捨てた方が、神経のためになりますから。

昨年、一昨年と松竹新喜劇の演出をした。

大阪で喜劇をやる者にとって、松竹新喜劇は聖地と言っていい。小さい頃から毎週日曜日にテレビの前にかじりついて泣き笑いしたのを思い出す。

それが、演出だなんて……正直肩に力が入った。とくに小島慶四郎さんや、高田次郎さんのような子供の時から知ってる大先輩が出演しているので緊張200パーセントという感じである。

だが、どういうわけか私は子供の頃から年上の人に平気で突っ込む性格のようだ。年寄りっ子だったからかもしれない。稽古にも慣れてくると、まず座長の渋谷天外さんに「おい、おっさん！　言うこと聞いてるか？」と言い出して、周りを慌てさせた。

「おっさんってなんやねん！　はい、すんません演出」と向こうも乗ってくれるので、またつい突っ込む。ああ、大阪人で良かった。先輩に突っ込んで許してくれるのは大阪人だけやでほんまに。と内心では思っているのだが、性分なのか慣れ出したら止まらなくなった。

けっきょく最終の舞台稽古の日には稽古を始めようと思っているのに慶四郎さんと次郎さんがペチャクチャと舞台上で喋っていたから「はい、舞台の

もっと掟を極める──❶

突っ込んだらアカン？

上のおじいちゃん2人、うるさい！」とマイクを通して突っ込んでしまった。言った後でふっと後ろを見ると、各主任スタッフが青くなり、松竹の偉い人達が呆然としていた。

「あ、やってもた」と思ったが、慶四郎さんが「おお、すんまへん」と答えてくれ、次郎さんが「もう始めるんかいな」と笑ってくれたので、事は納まった。やっぱり大阪人は突っ込まないと！　と思う今日この頃である。

第2章　日本人の掟

正しい伝達？

大阪人に掟があるのですから、日本人にも掟があります。日本人の掟……あなたは何だと思いますか？　私は商売柄、まず相手を慮《おもんぱか》ることがその第一だと思ってるのですが……。

ところで日本人はちゃんと日本語を話しているのに、自国語を正しいとか、間違っているとかいいますね。「そんなに自分好きか？　自分のことが気になるのか？」とちょっと恥ずかしくなったりします。

テレビなどでもネタに困ったら「この漢字はなんと読むか？」なんて問題が出てきて「花魁《おいらん》」とか「行灯《あんどん》」「女郎花《おみなえし》」が必ずといっていいほど出題されています。艶《つや》ネタに偏りがちなのも気になる傾向です。

今、喋っている日本語はそんなに正しくないのでしょうか？　国語学者ではないので詳しいことは分かりませんが……だいぶ前にテレビで面白い説を聞いたことがありました。

中国のある言語学者が、日本語は貴族の遊び言葉だったのではないか？　と言っているらしいのです。普通だったら「私は」の後に何をしたいかを言うのが世界的に主流とされる言葉の順番ですよね。

「私は」「食べたい」「あれが」と続くものが、日本語は次に「あれが」と続きます。それは「食べたいのか」「食べたくないのか」を当てて楽しむ言葉の遊びからきているのでは？　という説でした。私はこれにたいへん納得させられたものでした。娯楽の少ない昔は会話そのものが遊びのひとつでした。その会話の中で相手が何を考えているのか当てあうくらいのゲームはあって然《しか》るべきと考えるのが普通ではないでしょうか。日本語のルーツは洒落者《しゃれもの》達の頭脳ゲームだったと言えるかもしれません。そんな素敵な日本語ですが……どうも現代人はその面白さを堪能するには忙しすぎるような気がします。「あれが」の後の「食べたいのか、食べたくないのか」を当てて満足するような余裕からはほど遠いような。

私にしても、例えば若い子と一緒に居酒屋に入って「えっと……なにしようかなぁ。私……あれが飲みたいなぁ」なんて相手が言い出したら、確実に怒鳴るか、勝手に「とりあえずビールにしとき」と言ってさっさと注文してしまう方ですから。

続きを頭の中で想像して遊ぶなんてとても無理です。「きっと彼女はカシスグレープと言うに違いない」なんて思って楽しむほど大人にはなれません。

今の日本人は「口べた」か「お喋り」に分かれているような気もします。そのどちらが日本人らしいのか……考えてみたいと思います。

口べたは若者と男性に多いような気がします。自分の言いたいことを整理しないで話すので、自然と「私」と「これ」「あれ」が多くなり先に進みません。先日も「結果から言うてくれ！」と叫びそうになる事件にあいました。

それは携帯ショップに行った時のことです。先日まで使っていた携帯をうっかりして落としてしまったので買い替えに行ったのですが、新しい機種を選ぶもなにも、ともかく急いでいたので「同じシリーズのもので、バージョンアップしたのを下さい！」と言うのが精一杯でした。今回ほど自分が携帯に頼って仕事していると感じたことはありませんでした。これもひとつの発見でしたが……。

で、仕方なく新しくなった携帯を使い始めました。最初のうちは機種が同じものなので、使い方がスムーズに分かり、仕事に支障はありませんでした。

ところが、ひと月も使っていると、やたら充電池が早く切れることに疑問を感じ始めました。朝、ちゃんと充電したものを使い始めて20本ほどのメールを受信し、数本の返事を打つともうフルの状態から、一段階充電メモリが少なくなっているのです。急な機種変更で、最初の段階から十分な充電をしないまま使ったので傷みが早かったのでは？　と思い直し、まず電池パックを買いなおしてみました。それをちゃんと半日充電してから使い直してみたのです。

最初はそれで数日持ちました。ところが、明らかに2つ目の電池もすぐに切れるのです。石橋を叩《たた》き割って、その破片でいっぱいの危ない橋を渡る性格の私は、もう一度同じことを繰り返して、完全に確証を得てから携帯ショップに行きました。

説明を完璧に手早くするためには自腹を切るのは当然と考えてのことでした。案の定、向こうのお姉さんは「それは変ですね」と同調し、チェックをしてくれることになりました。

携帯を渡して待つこと5分ほどで、「お待たせしました。ここで出来るのは外部の損傷があるかないかという、簡単なチェックだけなんですね。それで見ると一応なにもないんですが」と彼女は私の携帯を調べた後でそう言いました。

「じゃ、内部のチェックとかは出来ないんですか？」

「ここでは無理なんです。ここは新機種のショップなんで……」

この調子で彼女は聞けば答えるのですが、自らは何も言わない人でした。はっきり喋るし、大阪の子なんでそれなりに明るい。しかし、明らかにどこか欠けているのです。私はこの時「こういう人を本来口べたっていうんやなぁ」と思いました。

要約すると「買われたばっかりなので、お金ももったいないですし、一旦預けてくださったらお調べします」という話になり、私は「電話番号とか、アドレスとか、データは失われませんか？　仕事で使ってるので困るんですが」と念を押して聞きました。

「移し替えますんで大丈夫です。預けてもらってから一週間くらいかかりますけど、いいですか？」と聞かれ「それはいいですが」と答えました。

その後、修理のために携帯を預けている間に借りることになった代行携帯にデータなどを移す時間が30分ほどかかりました。予定よりも長かったのですが、仕方ないと腹を据えて待っていました。

「お待たせしました。今、データを移し替えたんで、これで今から、代行の機種をお使いいただけます」ショップのお姉さんがやっと持って来てくれて、さぁ、これでしばらくこの携帯が相棒かと思って立ち上がった瞬間のことです。

「それと、データ以外のものは一旦空にしないとお客様のプライバシーにかかわりま

こういう人に聞かれたら…
日本人の掟はいかに？
答えられますか？

すので、全部消えるんですがいいでしょうか？」と彼女が言い放ちました。

「なんですか？」私は普通に突っ込んでしまいました。データ以外のものってなんですか？　の、なんですか？　でした。その時点では頭の隅っこで「データ以外のものって何やねん！　そやから仕事で使うから中のもんなくなったら困るってさっき言うたやないか！」と親父化した私が叫んでましたが……。

「あ……データは電話番号とアドレスですよね」彼女は私の勢いに少々押されながら言いました。確かにさっき私は「電話番号とか、アドレスとか、データは失われませんか？」と聞いたのです。彼女はその2つが大事だと思ったらしい反応を示しました。

「どっちにしても、中身全部なくしますって最初に言うべきちゃいますか？　もういいです、新しい携帯買いますから」私は少々怒った口調でそう言って、けっきょく新しい携帯を購入することになりました。彼女は焦っていろんなサービスをしようとしてくれましたが、私の「時間がないからいらんことせんと、早く新しいのくれんかい！」的な視線に押されて、アタフタしていました。

相手に結果を伝えることの大事さが改めて納得できたような気がします。結果を知ってるのに、それを伝えないでも平気な彼女の神経の鈍さにただ呆《あき》れた一日でした。

「これ食べる？」

「いらん」

「これは？」

「あんまり食べたくない」

「なんで？」

「お腹痛いねん」

「最初に言え！」


聞かないと答えない、会話をムダにする人種は増える一方です。今や、若者は全てこの喋り方をすると言っても過言ではないような気もします。こういう人たちはたとえ明るくても、声が大きくても「口べた」と言うべきではないでしょうか。

一方「お喋り」という人種も依然として健在です。中年の女の人に多い傾向があります。大阪では「しゃべり」はおばちゃんの身体的特徴として数えられるほどです。お喋りの人たちはいろいろ意見をのべたり、気を遣ったりしてくれます。だから喋るのですが……そういう意味では本質的に優しい人が多いとも言えるのでしょうか。少なくとも口べたな人たちよりアプローチが早いことは確かです。

知り合いの女性プロデューサーにひとり典型的な大阪のお喋りがいます。彼女から電話がかかってくると温度が１度上がるような感じです。

「もしもし、まいど。Fちゃんの劇団の子ら今なにやってるの?」と喋り出し、こちらが答える前に次の会話が始まります。

「ちゃうねん、この間からなぁ、試写会の司会する子探してるねんけど、見つかれへんねんわ。役者さんやったらそんなん上手いんちゃうかと思うて、ほんで電話してんけど」

確かに口べたの人たちよりは話も見えやすく、結果も教えてくれるので話しやすいのですが……お喋りな人たちは、この後もこちらの答えを待つことなく突っ走ります。

「そやから、Mちゃんなんかええと思うねんけど、どうやろか? あの子この間アナウンサーの役やってたやんか、いけるんちゃう?」

そんな感じでペラペラと喋り続けるわけです。私のする返事は「うん。いけるんちゃうかなぁ」だけです。

要するに彼女は結果を決めてから電話してくるので、せっかく喋ってくれた内容なんてどうでもよくなるわけです。電話の最初から「Mちゃんに仕事振りたいねんけど、空いてない?」と聞けばいいだけなんですから。

先日も食事に行こうと電話があり、いろいろ喋ってくれました。「イタリアンにしようと思うてんけど、最近太ってきてなぁ、あんまり食べ過ぎる店もあれやんか。ほんで、この間知り合った創作料理の店やってるマスターがめっちゃ感じのええ子やってん。あの子、才能あると思うわ。その店に一応予約いれたから、金曜日の7時に事務所に集まろうか」

私は「うん、分かった」と言っただけで、会話はまったく出来ませんでした。会話するなら「なに食べたい？」と聞くとか、「ええ店あるから連れて行きたいねん」とこちらに何か選択権をくれるべきなのです。お喋りの人たちは会話上手と思われがちですが、実際には思ったことを手当たり次第声に出してぶつけてきているだけなのです。

彼女がさっきの携帯ショップに勤めれば、きっと「壊れてますね、今やったら直した方が得ですから出しましょうか。代行の機種はひとつ前のバージョンしか用意できないんですけど、用意してデータ移してますんで少々お待ち下さいね。修理に一週間かかることもあるんで連絡先を書いて下さい」とさっさと行動してくれることでしょう。こちらがどうしたいか聞かずに修理に出すという前提でさっさと行動し、「あの、その機種もういりません」と言われたりするとパニックになるに違いありません。

何かを聞かないと答えない「口べた」な人と、聞く隙《すき》を与えない「お喋り」、一見遠いように見えてこの2つのタイプには共通点があります。それはどちらも人と会話が出来ないという欠点があることでしょう。

こういうことを考えてみると、確かに現代人は日本語を流暢《りゅうちょう》に喋っているとは言いがたいかもしれませんね。

どこの人？

私は常々、人間は「目、耳、鼻、口」のどれに一番心奪われるかで、かなり性格が違うと思っています。と、書くとお分かりになりにくいでしょうかね、そうですよね。もうちょっとご説明申しあげますね。

要するに人は「見るもの」「聞くもの」「嗅《か》ぐもの」「食べるもの」に感情を奪われるほど感激したり、興味を示したりします。そしてそれには必ず優劣があるのです。もっと分かりやすく言えば、食べるのが一番好きな人は、何かを見てもあまり感動しないとか、そういうことです。今回は何を一番と感じるかで、分かれている思考や、その背景をさぐってみたいと思います。

ちなみに、現代人は嗅覚《きゅうかく》にかなり鈍感なので今回は鼻の部を省きます。他のパーツほど人間性に関係なくなっているからです。

以前、ある企業の研修に行ったことがあるのですが（芝居を教えに行きました。プレゼンには芝居ッ気が必要だとかおっしゃって呼んでいただいたのです）、そこで、新入社員のみなさまに統計をとらせていただいたことがあります。

「あなたがたは、見るもの、聞くもの、食べるもののどれを一番重要だと思ってますか?」と質問したところ、大半の女性が「食べるものとその時間」と答えたのに対して、大半の男性は「音楽を聴く時間」とか「好きな映画を観る時間」と答えてくれました。


そこで、私はまず、男女ひとりずつの社員の方に想像をしてもらいました。

「今、出社して一時間くらい経った午前10時です。あなたは朝から忙しくて、おまけにギリギリまで寝ていたので何も食べていません。やっと休憩が入りそうだったので、クッキーでも食べようかと思いましたが、その瞬間に課長から呼ばれました。どう思いますか?」

2人は即答しました。男性は「仕方ないです」と言い、女性は「ちょっとイライラします」と言いました。私は質問を続けました。

「やっと、課長の仕事が片付くと11時半になっていました。お昼にはまだ少し早いので、あなたは別の仕事を始めます。その時の気分は?」

男性社員は「何も感じません。タバコくらい吸いたいかな」と言いました。顔付きも普通に答えてくれていました。女性の方は「まだあと30分もあるんかぁと思ったら、腹が立ちます」と不機嫌な感じで答えました。この時点で、男女の間にはかなり違った反応が見えました。さらに……。

「では、やっとお昼になるかという11時55分になった時、あなたが昨日関わった仕事にトラブルが発生したことが分かります。今すぐ社長のところに行かなくてはなりません。あなたはどう思いますか？」

男性は「何をしたのか思い出し、昨日の資料を揃えなきゃと思いました」女性は「なんで、今やねん！」と答えました。すでに2人の間の仕事に対する気持ちは天と地ほど違っています。私はさらに畳みかけました。

「残念なことに、そのトラブルはかなり大掛かりなものでした。しかも自分が関わった部分が原因ではなく、上司のミスでしたが、チーム全員で社長室で反省会があり、その上その仕事の練り直しの会議がそのまま続行して、あなたは昼食どころか、休憩も出来ないままになってしまいます。気がつくと3時を回っています、気分はどうですか？」

男性は「仕方ないと思います。ほっとするためにタバコを吸えるなら、きっと元気の出る歌を思い出すと思います」と言いました。一方女性は「そんな悠長な気分にはなれません。めちゃくちゃ腹が立ってると思います」と少し涙目で言いました。私は最後にオチを仕掛けました。

「では、その会議も少し落ち着いた時、他の部署から差し入れがありました。サンドイッチです。上司からひとつずつとって、あなた達2人が最後でした。ところがサンドイッチはひとつしかありません。あなたはどうしますか？」

私の質問に女性の方は本当に泣くかと思うような悲愴《ひそう》な顔付きになりましたが、男性はサンドイッチを取るゼスチャーをし、そっと彼女に差し出しました。そういう演劇的な行為に出られたのは驚くべきことでしたが、行動は想像どおりでした。

最後にどうしてそういう行為をしたのか、今の気持ちはどうか？　と聞くと、男性は「食べたそうだったし、自分はきっとそんなにお腹が空いてないと思いました。仕事がやっと一段落したのだったら、食べるよりほっとしてたい気持ちが強かったと思ったんで、あげました」と言いました。それを聞いて女子社員は「ありがとう。優しいわぁ」と彼をうっとりと眺めていました。

もちろん、これは上手くいった結果なので書いているわけですが、人間はそれほど好きなものに対する順番がハッキリしているものであり、それによって性格まで分かれているのです。

ええもん見て……
ええもん聴いて……
ええもん……
ええもん食うて……
ええなあ……

見るものによって心に平安を与えられる人はクリエイターです。絵や風景、映画、小説などから何かを得て想像を繰り返します。よく子供が描いた絵の中に、独特の見方をしているものがありますが、それも全て自分の中で発展させた想像なのです。「目の人」は花を見て綺麗だなと思うと、その裏側も見ようとします。同じように食べ物を食べる時も綺麗に盛られているかどうか、そのシチュエーションや風景も気にするのです。写真を撮る時も凝ったりして、現実的にありえないものでも受け入れることさえあります。

視覚からパッションを得る人は現実主義と思われがちですが、実際には見えるものから発展する人が多いのが本当のところです。そういう人たちはほとんど2番目に「聞くこと」が来ます。自分の見えているものに最適な音楽や効果音があればよりよいと考えているのでしょうか。ともかく食べるという直接的な行為には思考を直結させていません。

このことから分析できるように、目の人はほとんどが男性で、しかも性格も陽気なクリエイターです。

では「耳の人」はどうでしょうか？　何か音楽や音を聴くことによって安心を得る

という人たちはかなり内向的です。音楽というのは万人が同じ感情で聴くことはほとんどない世界だからです。それは視覚よりも分散していると言えるでしょう。

分かりやすく書くと、ベートベンの第九を華やかな音楽と思う人もいれば、うるさいと感じる人もいる。また悲しいと思う人さえいます。見えない分だけ、個人個人が感じる世界なので、思考はバラバラだと言ってもいいかもしれません。

私は若い頃にビートルズ好きの男性と付き合ったことがあるのですが、彼の中でのジョン・レノンに対する思いに圧倒されたことがあります。話を聞いていれば理解は出来るのですが、とても同じような感情はもてませんでした。「ね、ここでジョンは悲しみを表したいって思ったんだよ」と言われて「へぇ」と曖昧《あいまい》な答え方をして「君にはビートルズは早すぎる」と叱られました。

私は内心「知らんがな、早いとか遅いとか、なんで決める権利があるねん」と突っ込みましたが、彼は真剣でした。

また20代の時に勤めていた会社の上司には、日曜になったら爆音で音楽を聴くという人がいました。そのためにわざわざ、郊外の方にある田んぼの中の一軒屋を借りていて、平日は遠いのにもかかわらず出勤していました。

「僕の平日は会社のもの。休日は自分のものやから、それでええねん」と割り切っている風でしたが、私にはかなり変わった人に見えました。

そうですね、「耳の人」をひと言でくるなら我儘《わがまま》なロマンチストというところでしょうか。ただし、彼らは音楽を聴けない環境に対しては勤勉でストイックでもあります。いつでも好きな音楽が傍にないと嫌だというほどの我儘さがないところは脱帽します。「目の人」たちはいつでも好きなものが見えていたいと思うようですから、ある意味、子供なのかも知れません。

お気づきのように聴覚で思考を決める人は男女比でいくとやや男性が多いというところでしょうか。女性にも耳の人はかなりいるようです。

最後に「口の人」、これはもう人間そのものというタイプの人たちです。そして大半は女性です。彼女らの思考はまず美味しく食べて過ごすこと。毎日が小さな幸せで充たされることが望みです。なぜなら女は食べないで我慢するという立場にほとんど立たないからです。

女性はこう言います。「朝は絶対に美味しいコーヒーと、ゆっくりタバコ吸う時間がないと一日気分悪いねん」と。朝から自分のために使う時間がないと嫌だという彼女たちは最高の現実主義者です。

「へぇ、そうなんや」などと答えてると、反論の嵐にあうのがオチでしょう。男性諸氏は気をつけることです。「何言うてるん！　朝一番にちゃんと自分の時間があったら、その日を快適に過ごせるねんで。これから一日頑張るぞっていう気分って大切やと思えへんの？」と喋りまくられないように気をつけて下さい。

私の後輩はその朝の大切な時間を結婚によって奪われ、その上に旦那さんのお弁当を作るということを義務づけられてパニックになりました。朝から忙《せわ》しなく動くということは女性の仕事のように思われていますが、実は苦手な人の方が多いのです。だから彼女達は「毎朝、戦争やで。ほんまにホッとする暇もないからイライラするわ」と愚痴るわけです。事実、私の後輩もすぐに離婚しました。

「口の人」は2タイプに分かれます。陽気で精力的な人と、引っ込み思案で個人的にものを考え結論を勝手に出すタイプ。前者は男性に多く、後者には女性が多いこともお忘れなく。どうしてそうなるかと言いますと、女は料理を作る機会が多いからです。

味付けにしても自分なりに作ってみるということから始まります。そして、他人は女性の手料理を食べてまずかった場合にも「まずい」とは言いません。「けっこういけるよ」と言ってしまうのです。そうやって彼女達は自分の判断を正しいと誤解し、そのまま野放しにされます。怖い話です。

いかがですか？　目、耳、口の人達のそれぞれの背景。あなたはどのタイプでしょうか？　一度考えてみて下さい。そしてあなたの周りの人がどんなタイプかも。それによって人間関係の作り方が少し変わるかもしれませんよ。

例えば「目の人」である男性が「口の人」である女性に惹《ひ》かれた場合は、まず食事に誘ってみることです。自分の世界を見て欲しいからといって、いきなり絵画展や映画にさそっても彼女が空腹だったら何も感じてくれませんから。

反対に「耳の人」を好きになった「口の人」がいたら、デートの前に少し何か食べておくことです。一度音楽の世界に浸ったらしばらく抜け出てきませんから。

そうです、一番大事なのは自分が何を大切にしてるか知ってもらうために、相手にも合わせるという行為でしょうか。それが人間学というもんなんでしょうかね？　詳しいことは分かりませんが、この項では私流の人間観察をお送りしました。

〔ご挨拶〕

あなたは自分が礼儀正しいと思ってらっしゃいますか？　社会的に、家の中で、友人に対して……日本ほど、そのことをうるさく言う国もめずらしいですよね。かく言う私もうるさい方です。今回は、「礼儀」を知ってるか否かを考えたいと思いますです。

私の属する演劇界などは、礼儀の通し合いみたいなところでして、ちょっと何か公演があったら、日本酒を差し入れて「初日おめでとうございます」と言いに行ったりします。

先日、私が日本ペンクラブの講演会をさせていただいた時のことです。大阪のヘップホールという劇場で講演会があったのですが、その劇場に役者として、演劇人として何十回も行ったことのある私にとっては、どちらかというと「よく知ってる場所」

だったわけです。

「劇場には直接お車でこられますか?」などとスタッフの方に聞かれて「あ、はい。いつものように行きますんでお気遣いなく」と答えてしまいました。向こうは作家として呼んでくれているので当然丁重に扱っているのでしょうが、私にしてみたら「この間も打ち合わせに行ったたっちゅうねん」という気持ちでした。

ま、そんなことはこの項のお題とは関係ないんですが、ともかくそんなちぐはぐな感じで当日を迎えたんですね。行くと、劇場のスタッフもみんな知り合いで、ペンクラブの人がオタオタするような状況でした。なんせ私のところに次々と人が現れ「おはようございます」なんて言うわけですから、「この人、作家じゃなくて、基本は演劇人なんだな」と思っていただけたようです。

私の方もいつもの芝居の現場ではないにせよ、「ああ、おはようさん。今日は宜《よろ》しくぅ。マイクチェックしとく?」なんて返事しているので、間に入って下さったスタッフの方はさぞ困ったことでしょう。

しかし、演劇界は知り合いがそこにいるのに挨拶なしというわけにはいかないのです。まして向こうはほとんど年下なので、いつにも増して過剰に挨拶に来ました。極めつけは、ある劇団の制作さんが私のひとり芝居の公演があると勘違いして、日本酒を送ってきたことです。

劇場のスタッフが「Fさん、何回言うても送ってきたんで、持って帰ってやって下さい」と半笑いで言いました。私がいつも役者として出ている劇場に、作家として呼ばれるわけがないと思っていたのでしょうかね。「礼儀過剰やねん！」と言いつつ、重い一升瓶を持って帰りましたが……。

エチケットの専門書を見ると、古代人の社交の始まりは宴会であったと書かれています。今もそうですが、やはり宴会を上手く仕切れる人は頭のいい人。酒の席で活躍する人が出世する人、才能のある証拠という構図は変わっていないようです。

なんでも古代エジプトでは、宴会に呼ばれてすぐに食事の席につくことは教養のない印だったとか。お客は宴会に呼ばれたら、いったんその家に上がり、当主が客に見せるために出してある家具を見たり、部屋の美しさを褒めるのが最上のエチケットだったようです。

また、1本の睡蓮《すいれん》を手渡される場合があり、貰った客は宴会の間中それを持っていることが礼儀とされていたと言いますから、ものすごく仰々《ぎょうぎょう》しいというか、しんどい宴会だったようです。

劇団では、今でも宴会でうまく先輩と接することが礼儀正しいと思われています。

エジプト人と同じですかね……。

ですから、うちの劇団に入ってきて最初に教わるのは、芝居の技術だけでなく「飲み会で失礼のないように」ということです。

うちには「伝説のカシスソーダ娘」という暗号があり、最初の「とりあえずの乾杯」を遅らせる者はバカ、という教えが伝統的にあります。要するに、宴会場に着いて何はなくともともかく乾杯という時に、それを遅らせるような行為をする者は空気が読めない＝バカという構図です。

ですから我々はいつも後輩に「ええか、酒が飲めても飲めなくても、ともかく宴会の最初は瓶ビールをさっさと注いで、グラスを持て」と教えます。「ほんまに飲みたいものは2杯目からにせぇ」と言うわけです。

このことはある女優さんが、全員がビールを注文したのに「私はカシスソーダ」と言い放ち、乾杯を遅らせた事件からきています。それは掟破りというか、無作法の極みというか、ともかく恐ろしい行為でした。そこで、我々は暗号としてそう呼んでいるわけです。

先日、別の劇団の宴会に行ったら、普通に「私、カシスソーダ」と頼んだ女優さん

え〜お久しぶりでござぃます。私もそろそろ芝居をはじめ30年になりまする。早ぃもので去年はあれです。東京の方で…
はぁー
長いぞ

がいて、ちょっと笑ってしまいました。内心では「おお、こんなところにも伝説の女優がいたか」と思いましたが……確かに彼女の頼んだ分、みんなの乾杯が数分遅れたのです。やはり、宴会の最初の乾杯に別メニューを頼むことはかなりの礼儀知らずと言えるでしょう。もちろん、人数にもよりますが。

余談ですが、そんなことを後輩に教えていたら、ある役者が先日、別の宴会でビール以外のものを頼んだ人が多かったので、けっきょくビール待ちになったという経験をしました。「伝説に傷が付きました」という出だしのメールをもらって、大笑いしましたが。ま、ともかく宴会の出だしはスムーズであること、これが肝心です。

大阪弁ではこういう行為を全て「空気を読む」と言います。ひとり迷惑をかけてる人間がいたら「空気読めんやっちゃで」と言われ、嫌われます。大阪人にとってノリを壊す人間は最悪なわけです。

ものすごく情けない話ですが、うちの母もわりと空気の読めない人種でして、劇団の事務所に入ってきては「これみんなで食べや」とか言いつつ、カレーライスを一人前だけ置いて行ったりします。

「ありがとうございます！」とそりゃ若いスタッフは言いますよ……ですがね？　空気読めないでしょう？　この調子で自分中心でいろんな行為をするので、娘としてはたいへん困っています。

さて、礼儀作法の正しいあり方の中に、話し方というのがあります。今日でも「話し方教室」というものが存在することでも分かるように、人間にとって口のきき方は、一生を左右するような重大なアイテムなのです。なのに、なぜ学校などで教えないのか不思議でなりません。

欧米の大学では、教授になるような人たちに講演の仕方などを教える授業があるそうです。せっかく正しいことを教えても、話し方に魅力がないと誰も聞きません。ですから少々自分の話し方を演出する方法を学ぶわけです。

日本も早くそういうところを礼儀と感じてほしいものです。ほんまに下手な話で人の時間を食う人っていますからね。あれはやっぱり礼儀知らずと言ってもいいと思われます。

話を上手くする方法は、我々演劇人に言わせれば、無駄に動かないことです。シリアスな話の場合はそれこそ、少し窮屈な感じがしてもじっとしてること。それだけで人が安心感を持って聞いてくれるからです。

あ、プレゼンなどの時もそうですよ。お尻に力を入れて、そう、両方の山に力を入れ、真ん中でぐっとハガキか何かを挟んでいるような気持ちで下半身を安定させると、フラフラしなくなります。それだけでもたいした力がいるので、自信がありそうに見えるのです。一度、お風呂に入るときなどにお試し下さい。普通は気がつきませんが、みんな意外なほどじっとしてられませんから。

逆に信用をなくそうと思ったら、故意にフラフラ動くことです。どんなに真面目な話をしてても、相手の気持ちも揺れるので、話はまとまりません。破談にしたい結婚話などには最適の方法でしょうかね。

声の大小も礼儀に関わってきます。声の大きすぎる人はやはり顰蹙《ひんしゅく》を買いますし、逆に小さすぎることも、相手に聞き返させるわけですから、礼儀がなってないといえるでしょう。

こういう調子で書いてると、だいたい礼儀知らずとは、人に迷惑をかけることと同じであることが分かってきます。

電車に乗る前に、改札口の前で定期券を探す人、自動ドアの前に立ったままで平気な人、ジャンプ傘を周りを見ずに開く人……みんなどこかしら礼儀知らずと言えるでしょう。

意外なことに普通は礼儀正しいと思われている行為でも、実は礼儀過剰であり、けっきょくは無作法というのが、過剰なお礼です。

芝居の世界でも、本人だけではなく、親御さんからも季節の挨拶状が来る。それだけでなく土地の名産品を送ってこられるような場合もあります。

そんな時、相手が良かれと思って送ってきてくれているのは分かるのですが、たいしたお付き合いもないので、こっちが何をしているのか、分かっていらっしゃらないわけです。ものすごく忙しい時や、訃報《ふほう》を抱えて右往左往している場合だってあるわけで、お礼状の一本も書けないまま不義理をしてしまいます。

向こうにとっては礼儀を尽くしていても、こちらにとっては重荷になる場合……やはりこれは礼儀知らずという部類に入ってしまうのではないでしょうか。

さてさて、ここまで書くと、礼儀を知ってるつもりでも、相手にとってどうだったのだ？　と不安になってきたりします。礼儀正しいという行為は本当に微妙で、難しいですね。

先日、うちの劇団の年長の役者が事務所に突然現れ、いきなり「いろいろ考えたんだけど、やっぱり劇団を辞めようと思ってるんですよ」と言い出しました。

普通に遊びにくるならいいんですが、そんな大事な話にアポもなく、しかも若い後輩も目の前にいるのに、突然でした。私は呆れ果てたまま「あっそう」と答えてしまいました。40歳を幾つも過ぎて、そんなことも出来ないのか！　と説教しそうになったからです。いやぁ、びっくりしました。

彼にとっては切羽詰まった死活問題で、すぐにでも伝えたかったのでしょうが、そこで礼儀を通さないから、お前はいつもダメなんだよ！　と言いそうになってしまいました。どうも礼儀知らずという人種はあまり周りのことを見ていないだけでなく、人が自分の話を聞いてくれると最初から決めてかかっている感じがします。

けっきょく、彼は14年も居たのに辞めてしまいます。周りが「せめて次回公演をやってお客様にも挨拶したら？」と止めるのを「いや、自分を追い込みたいんだ」と頑《かたく》なに言いはりました。自分が大事なのも分かりますが、長く世話になった団体も同じように大切にすることも忘れてほしくありませんでした。非常に残念です。

「親しき仲にも礼儀あり」。ほんと、昔の人はいいことを言いました。っていうか、そういう言葉が残っているということは、昔からそういう人が居たということですよね。とほほ……いつになったら、みんなが礼儀正しい世の中になるのでしょうか。誰か明確に答えてほしいものです。

恋すれば……愛ゆえに……

「愛対恋」について書きましょう。女性誌に書けば喜ばれるような話ですが……。愛と聞くとどうも世代的に「♪愛……それは甘く、愛……それは尊くぅ♪」と宝塚歌劇の「ベルサイユのばら」の歌が頭をよぎりますね。

「そない愛、愛って歌わんでも……おサルさんやないねんから」

「そうそう、アイ、アイ。アイ、アイ。おサルさんだよぅ……って違うやん！」

愛でそこまで盛り上がっていた懐かしいコントのネタも思い出しました。今、冷静に聞けばしょうもないコントですが。

人間はどうして恋だの愛だの言うのでしょう？　とここで書いても、語り尽くされている問題なので仕方ありません。恋は情熱的な熱い気持ち。愛は豊かで永続的な想い。なんて歯の浮きそうな話を私が書いてることがすでにコントのネタみたいですけど……。

切ない恋の話を思い出してみましょう。源頼朝と北条政子の間に生まれた女性をご存知でしょうか？　名前は大姫としか記録されてない。「2人とも子供に名前付ける余裕もなかったんかい！」と突っ込みを入れたくなるほどですが、この情緒のない名を持つお姫様は日本の歴史上でもベスト3に入るほどの運命的な恋の経験者なのです。

大姫は当時5、6歳、許嫁《いいなずけ》の源義高という11歳の少年と暮らすようになります。実際には双方の父親である頼朝と義仲の勢力争いの妥協案として、義仲の息子である義高が人質のような形で頼朝の元に住むようになったわけですが。

幼い大姫にはそんな政治がらみの事情など分かるはずもありません。それどころか、幼くして義高に強烈な恋をしてしまったのです。このことからも恋には理性、年齢、経験がまったく関係ないことが分かりますね。「恋は盲目」！　なわけです。はい。

さて、歴史は大姫の恋心に惨《むご》い仕打ちをします。2人が暮らし始めて1年も経たないうちに、頼朝と義仲の間は最悪の状態になり、とうとう頼朝の送った兵により義仲は31歳の生涯を閉じることになりました。

残ったのは息子の義高。頼朝も最初はいろいろ躊躇《ちゆうちょ》していましたが、生かしておけば自分の身が危ないので、まだ少年である義高を殺すように命令してしまいます。

大姫はその時、なんと7歳にして、父の兵から恋人を逃がす手伝いをしたのです。まず側近が義高の馬のひづめに真綿を巻き、逃げる時に音がしないよう工夫。その上で女官達が義高に女装をさせ、そっと逃がしたのです。

大姫はその間、父の家来たちの目を誤魔化すために、義高の身代わりをさせた家来と双六《すごろく》をして遊ぶふりをしました。

警備の者たちは夜中過ぎまで義高の逃亡を知らないままだったと言います。なんとも大胆な行動ではありませんか。娘とはいえ、わずか7歳の少女が頼朝に逆らったのですから、大事件です。

義高はそんな大姫の策略空しく、入間川《いるまがわ》のほとりで追っ手に斬られて死にました。12歳だったそうです。あまりにも切ない、幼い恋の終わりでした。

と……大方の者が思ったのですが……大姫の恋はそんなことでは終わりませんでした。彼女はその後、うつ状態になり寝込み、すっかり大人しい病弱な少女になってしまいます。恋人を失った悲しみは深く、大胆な行動をしたお姫様はやせ細って死を待つばかりとなってしまうのです。

娘の病状に驚いた北条政子が、義高を直接討った侍の首をはねて気を引こうとしましたが、大姫の悲しみはそんなことではどうにもなりませんでした。

やがて少し成長した頃に、彼女に縁談の話が持ち上がりますが「無理やり結婚させようとしたら、私は深淵《しんえん》に身を投げてしまいます」と断固拒否。その後も縁談が持ち上がるごとに寝込み、やせ細り、遂には20歳になるかならないかで病死してしまったのです。

義高に遅れること13年、少女は恋と操を守り通して後を追ったわけです。これはもう緩《ゆる》やかな自殺としか言いようのない人生ではありませんか!

恋とは、つまり「想う」気持ちの強さによって支えられている。それがあれば生活も何も要らないような、人生が綿綿と続く時間であれば、そこに突き立ったガラスのかけらのようなものなのです。人によっては死に至るほど深く突き立つこともあるだろうし、また小さな破片がほんの少しの痛みを伴っただけで刺さっている場合もあるでしょう。

本来なら、恋というガラスが突き立たなくても人は生きていけるはずです。何故、恋という感情があるのか? 永遠に問われ続けるのも仕方ないほど不思議なものかもしれません。それでもあった方が生きる刺激や力になることは確かです。

世の中には「ああ、最近恋してないなぁ」と嘆くおっさんが多いはず。「ああ、彼女ほしいなぁ」と思う学生も多いかもしれません。なんでもいい、具体的なことなんて関係ない、恋から遠ざかったら弱る！　と彼らは思っているのでしょうね。

私も昨日恋をしました。たいした恋ではありません。居酒屋でグッとくる好みの男の子を発見して「お、ええ男」と思っただけです。

しかし、それを失ってしまったら人間の心は老いてしまいます。私たちのような芝居を生業《なりわい》にしている人種には決して失えない感情でもあります。だからこそうちの劇団員や旦那にいつも言うのは「恋をしてほしい」というひと言です。

恋をしない男は色気がありません。恋心を持ってない男と話していても、こちらもつまらないと感じてしまいます。もちろん大姫のようなパワー最大級の恋にまでレベルが上がると、手がつけられなくなりますが……。

恋に対して愛とはどんなものでしょう？　恋心が大人になってくると愛に変わると言う人もいます。はたしてそうでしょうか？

愛はお金がかかります。大人なら誰でも知ってることです。愛というものは恋と違って人生と並行に進む現実だからですね。

後輩の話を書きましょう。彼、M君は30代の役者。売れてないというほどではありませんが、有名でもありません。しかし関西の小劇場の中ではそこそこ名前は通ってます。商業の舞台にもちょこちょこ顔を出していたし、ある程度食える役者のひとりでしょう。

M君には奥さんがいます。彼女は少し年上で、もともとは芝居をやっていました。だからM君にとってはちょっと先輩でもあったわけです。2人が恋愛関係になったのがいつからかは知りませんが、その頃にM君は彼女に言いました、「俺は家の商売を継がないで役者を選んだ。だから頑張らないといけないんだ」と。

彼女もそれは十分に理解できたようです。30過ぎて役者をやらせてくれる親のありがたさは身にしみていたからでしょう。だから彼女は最大限、彼をバックアップしました。

彼は役者を、彼女はある劇場で働きながら、時々は実家の商売も手伝うという二重、三重の働きをして、2人は生活を続けていました。お互いに最高に自分を理解してくれるパートナーとして愛し合っていたのです。

しかし、現実的に彼が家を継ぐべきか否か、せめて嫁だけでも家に入って商売をするべきか否か……というところで軋《きし》みだし、彼女は疲れ果てて喧嘩が絶えなくなってしまい、去年とうとう離婚しました。

離婚すると、2人は急速に仲がよくなりました。現実的なお金やしがらみがなくなり、すっきりしたようです。仲良くデートなどをはじめ、そして今も楽しそうに付き

愛の巡礼
すでに
30年くらい
やってます。
まだ
さまよって
おります♥

合っています。もちろん親には内緒で。

さて、この例を見たら、愛とは人間関係そのものであり、ロマンチックなものではないとさえ思えてきます。せっかく好きな人がいるのに、一緒にいる時間もないほど働かなくてはならなかったりするのですから。

おまけにお金の絡みがなくなったとたんにまた仲良くなったというのだったら、いかに結婚や仕事、生活が2人にとって邪魔だったかが分かります。2人は愛し合っていたいだけで、現実を共にしたいわけではなかったのです。それぞれ自分でお金を稼いで、好きな時間に会えればいいのでしょう。それが一番安心して2人でいられる形なのですから。

もちろん、彼らのように現実が邪魔になる例もあれば、そうでない場合もあります。うちのように結婚する気もなかったのに、なんとなく一緒に暮らしているうちに同棲より結婚の方がなにかと手続き上便利だと分かって、入籍するパターンだって。

「結婚したら、カードとかも家族会員でお得やで。自動車保険もどっちかが入ってたらええし。わぁ、携帯も家族割引とかになるやん」というわけで、お金に関して言えば結婚という制度はなんとお得なんだろうと思い、じゃ入籍しとくかという結婚だってあります。

じゃあ、我々が愛し合ってないか？　と問われたら、愛し合ってるからこの人やったら結婚してもええかと思うところから始まってるわけですから、愛↓結婚したら得↓実行という順で何もおかしいことはないわけです。

別れた方が一緒にいる時間が長くなるカップルもあれば、結婚した方が得なカップルもある。どちらにしても愛とは現実といつも並行で、言葉やお金が付きものなのです。

「なぁ、電話代高いと思えへん？」

「昨日、作ったカレーどうする？　今日も食べる？　それとも冷凍する？」

「明日、阪神の試合観に行ってくるわ。一緒に行くか？」

「どうしょう、生理ないねんけど」

そんな日常会話が愛の証《あかし》。情熱的なことは何も起きません。それが愛し合っている証拠だからです。生活が当たり前に出来ることが愛し合っているということ。そして人間は絶対にひとりでは生きていけないので、必ず誰かを愛することになります。

ところで、愛は進化すると情になります。うちの両親の例もそうでした。父と母はお見合い結婚のような形で、もともと愛よりも生活が先行して一緒になったカップル。結婚しても父が好きな女の人のところへ行ったりして、なかなか家に寄り付かず、母はその間気楽に暮らしていたと言います。しかし、彼も晩年私が生まれたり、老人になったりして家に居着きました。

子供の頃は母が父の悪口を言ってるのをよく聞いたものです。言われても仕方ないような浮気の話ばっかりだったので、私も納得していました。

ところが、母は父に愛のかけらもなかったというのに、彼が亡くなる数日前に、そのリュウマチで腫《は》れた足を「しんどいなぁ、可哀相に」と泣きながら擦《さす》っているのを目にしました。その時、ああ、この人でも父のために泣くんだなと思いました。

母は父を決して愛していませんでしたが、情が移っていたのでしょう。人情は愛情よりも広くて深いのかもしれません。

さてさて、比べても仕方のないものを比べてしまったという結果に終わりそうなこの項のテーマ「愛対恋」ですが、ひとつだけ発見しました。「ベルサイユのばら」の愛の歌はかなり間違っています。

あれは「愛、それは甘く」ではなく「愛、それは甘くない」と言いかえるべきではないでしょうか。

人は愛しながら、忙しく働き、走り続ける生き物。時々ふっと恋して幸せになり、また生き続けるというのが正しいのでしょう。どう生きるか？　どんな仕事を選ぶか？　それが愛の行方でもあります。

お国柄

仕事で韓国に行ってまいりました。『ギャンブラー』というミュージカルの取材のためです。なんでも韓国のミュージカル史上最も観客動員数の高かった作品だそうです。

政治的なことで時々問題はありますが、けっきょくのところ庶民の生活は別というのが日本や中国、韓国の日常になってきているのも、いかがなものなのでしょうか？難しくて、私のような一般市民には解決の糸口も思いつきません。

今回、取材のコーディネーターをしてくれたキム・ジョンフン君はケロリとして「いっそ竹島を日韓友好の島にしてしまったらいいんじゃないですかね。そんなにどっちの政府もあの島が好きなんだったら」と言い放っておりました。極端な理論ですが、今の揉《も》め事を「なんでいつまでも喧嘩せなあかんねん」と言ってる人たちにはグッとくる妙案じゃないでしょうか。

さてさて、かつて、日本人の憧れの地といえばハワイでしたが、近場の一位は長い間香港《ホンコン》でした。

イギリス領だったので治安がよく、物価が安く、しかもアジアなので日本人の食べ物の好みにぴったりであるというところから人気が出たのでしょう。ＯＬをやっている時は「え？　香港に行ったことないの？　ええでぇ」と何人の先輩に言われたことでしょうか。行かないと時代遅れになる感じでしたね。

しかも１９９７年には中国に返還されるという数奇な運命の下にあり、今のような香港は中国政府が残さないかもしれない！　なんて噂《うわさ》が飛び、当の香港人が天安門事件以降、みんな移住権をもとめて右往左往するようなニュースも見られました。素敵な観光地なのに無くなってしまうかもしれないという刹那《せつな》的な魅力が、今のうちに行っておかないといけないと足を運ばせる理由にもなってましたね。

香港には華僑《かきょう》の他にも多くのアラビア系、インド系の商売人がいました。彼らの一番のお得意さんは小金を持った日本のＯＬと下半身の緩いおっさん連中ではなかったでしょうか。ま、私は前者なので、女側から見た香港のことを書かせていただきますが……。

香港では靴やバッグ、革ジャン、洋服、チャイナドレスなどのオーダーが出来ます。これがまた日本人女性のハートをがっちり摑《つか》みました。バブリーな頃は、誰もが偉くなったと錯覚していたので、「世界にひとつしかない、あなたのためのバッグを作りませんか?」なんて言われると、既製品しか持ったことのない我々は王侯貴族になったようなリッチさを感じたわけです。「じゃあ、せっかくだから」なんて答えて、ホイホイ作りましたね。さして使いもしないのに……。

買い物をする時に値切る交渉も楽しいものでしたが、そのうち向こうも「これ以上はダメ。そのかわりこれをプレゼントします」と物を付けて誤魔化す作戦が巧みになり、どっちが勝つかという熱もヒートしていきました。ただこちら側の感覚として、香港人は売ってるものに自信があるというよりは、なんでも売ってしまえという雰囲気がありましたかね。

そうそう、香港というと例のブランド物のニセモノを売りに来る人がものすごくいました。私は看板に「ニセモノ・歓迎」と書かれた物まで見たことがあります。

道を通るたびに「ホンモノソックリ、ホンモノソックリ」と声をかけられて、日本人が興味を示すと「こっちこっち」と、狭いビルの中に引っ張り込まれて行きました。

ありもんやん…
写真屋さんとか、屋台とかけっこう儲かってました。
*香港では毎夜、ビルからレーザービームを出したり、ライトアップしたショーをやっている。すごい商魂だ。

何度か面白そうなので買うふりをして付いて行って見たことがありましたが、どちらかというと似ても似つかないものとか、明らかにニセモノはニセモノという品が多かったように思います。

よく出来てるけど、ファスナーが全然違うとか、ともかくブランド物に対してはまったく素人《しろうと》な私でも「それは本物ソックリちゃうで！」と突っ込みを入れるものが多かったように思います。私の友人はヴィトンのバッグを見せられて買う気になり、調べてるとファスナーが開かないので「これ、開けへんやん」とクレームを言ったのですが、相手はそれにビクともしないで、ろうそくを取り出し、さっとファスナーに塗って「ＯＫ、ＯＫ、ノープロブレム」と笑ったそうです。


80～90年代の香港ブームに関しては、何人かの女性作家の言動も火に油を注ぎましたね。素敵なホテルに泊まって、オーダーものを持ち、素敵な恋が出来ると、ＯＬ達を貴族気分に酔っ払わせていました。

最初は香港在住のイギリス人男性に目が向けられていましたが、香港映画界の俳優がブルース・リーやジャッキー・チェンのようなカンフースター中心から、イケメン系に変わっていったのもタイミング抜群でしたね。亜州電影皇帝と言われたチョウ・

ユンファや格好いいアンディ・ラウ、キュートなレスリー・チャンを知った日本人女性の香港熱は、ピークに達していきました。

私は何人かのスターにインタビューする仕事で会ったことがありますが、なんというのかみんな映画で観るよりもずっといい男で、自信満々という感じでしたね。「いつでも中国に遊びにいらっしゃい」とか「私の映画を観てくれて感謝してます」と気さくに言うのですが、スターらしさを失わない立派な風情《ふぜい》がありました。

それから日本人と中国人は違うということもはっきりさせてましたね。「私は中国人ですから……」といろんなところで言う方が多かったように思います。もちろん、いい意味で。

その他にも香港には洗練されたバーやレストランも多く、日本よりも安く、リッチな雰囲気を楽しむことが出来ることは今も変わりません。どこで食べても美味しいことにも変わりありませんし。

返還の前後は「今のうちに儲けないと！」という感じもありましたが、今は優雅な落ち着きを取り戻していると言っていいと思います。オーダーものの値段も再び安定してきましたし、旅費も一時のことを思うと驚くほど安いですから、ブームの再燃も十分考えられると思います。

さて、一方韓国ですが……長い間、問題をつき合わせずに抱えたままだった両国の間に、まさか？　と思う火をつけたのは、おばちゃんパワーです。そう、あの『冬のソナタ』のおかげ（？）ですね。

こう言ってはなんですが、実家のひとつ先の駅にコリアンタウンがあり、子供の頃から在日コリアンの友達と育ってきた私には「なんじゃそら？」という印象です。

あんなに大人たちのいがみあいを見てきたのに……友達の結婚のために走り回ったこともあったのに……在日二世、三世の書くに書けない痛みをそばで見てきて、何もできない歯がゆさに泣いてきた私には唖然とする展開でした。

韓国人の友達と言ったものです。

「なにこれ？　この韓流ブームとかいうの」

「誰？　ペ・ヨンジュンって？」

「知らんわ」

「知らんの？　韓国人やのに？」

「知らんよ！　韓国人はチャン・ドンゴンか、イ・ビョンホンやで。普通」

「ヨン様は？」

「なんで様付きなんやろう？」

それほどいきなりなブームで、しかもビッグウェーブでしたね。今まで私が「韓国映画あなどれんで」とか言っても誰も信じてくれなかったのが、今ではみんな「どれどれ？」と興味を持って聞いてくれます。

今回、取材に行った『ギャンブラー』だって、実際には2002年の日韓友好年に来日、上演してるのですが、その時は誰も興味を持たなかったのです。それが今回は鳴り物入りで再来日。それもこれも主演が韓国を代表する俳優のひとりホ・ジュノだからでしょう。

ご本人にお会いすることも出来たので書かせていただきますが、めちゃくちゃいい人でしたね。

香港の俳優さんと同じく自信に満ちていましたが、ひとつ違う点は「私の夢は日韓の合同作品を作って出演することです」とおっしゃっていたこと。今の政治に対することも憂えておられ「文化が太い絆《きずな》になっていけば、いつかわだかまりもなくなる」とも言ってましたね。

他にも韓国のミュージカル界の大物演出家にチラッとお会いする機会もあったのですが、みなさんおっしゃることは「日韓合同の作品が出来たら」という点でした。お愛想かもしれませんが、そのへんの、日本と韓国は違う国だが、もともとはアジアの兄弟という観念は強いものでした。私も早くそうなったらいいなと心から思いました。

驚いたのは観客の熱さです。芝居が終わるとみんなが総立ちになって拍手し、俳優達が舞台の前のほうまできて挨拶すると、さっとカメラ付の携帯電話を取り出してシャッターを切りまくってました。

儒教の国で、礼儀正しい韓国人ですが、俳優が「カムサハムニダ」と挨拶をしているのに、その姿込みでピースサインをしながら写真に収まってるのには「そんなことしてええの?」と突っ込みそうでした。そのへんは日本人よりも数段ラテン系という感じですね。

そういえば、韓国の人に聞いたら一番盛んなスポーツは野球。その次がバスケットボールだそうです。サッカーは3番目か4番目であまり熱中してる人はいないとのことです。ワールドカップであんなに熱い応援をしていたので、さぞサッカー好きが多いのだろうと思っていたらその程度だと言われて、あらためて韓国の人の熱さが日本人のレベルと違うのだと思った次第です。

それから、洋服や日用品の買い物事情。こちらは香港のようなブランド指向ではなく、あくまでもリーズナブルなものをたくさん持って楽しむというスタイルでした。

ただしブランド物のニセモノはちゃんと存在してましたね。しかも香港の「ホンモノソックリ」という呼びかけよりも強烈な「完璧なニセモノありますよ！」というフレーズでした。

完璧なニセモノって……ニセモノやん！　という感じですが、なんでも韓国の偽造物は、本物をちゃんと見せて寸分の違いもないことを確認させるほどよくできてるそうです。私がブランド物に興味があったら、ソックリさ加減が分かって楽しめたのかもしれませんが、いかんせん熱く宣伝されても技術のすごさが分からないので残念です。香港物と違って、韓国物はそのへんに誇りをもって売られているのが興味深かったですね。

最後に食べ物。本来ものすごく辛いと思われている韓国料理ですが、大半があっさりした鶏スープ味であることを知ってほしいと思います。辛味はほとんど好みで入れるようになってます。肉も牛より豚の方が多く食べられ、コラーゲンたっぷりな食材が多いので、女性にはたまらない国とも言えるでしょう。

キムチも辛いものから、あっさりしたものまで豊富にあり、辛いものが苦手な日本人が行っても困ることはありません。ともかく一品頼むと、サラダや漬物などいろんなものがおまけに付いてきて「頼んでませんけど！」と、せこい日本人は言ってしまいそうな勢いです。

いかがでしょう？　香港とソウルの違い。どちらも本当に魅力的な都市です。安く行けて、美味しく、いい男がゴロゴロいて、楽しい2つの街。さてあなたはどちらがお好みですか？

女対 女対 女対……

怖いタイトルをつけてしまいました……。どうしましょう、いろんな人から反感を買ったら……また友達をなくしたら？　なんて一瞬思いましたが、持ち前の陽気な性格で書いてしまうことにしました。

女対女。まず女を数種類に分類してみましょうか。今回は「化粧」という窓から覗《のぞ》いてみたいと思います。なんと言っても空前絶後のコスメブーム。老いも若きも化粧、フェイスケア、ヘアダイ、洋服に再燃してきた和服に、小物にバッグにと数え上げたらきりがないくらい飾り物が多い時代です。

その上にダイエットブームは下火を知らない。いや、最近はエステの価格破壊がどんどん進み、底を割っている状態で、家庭の主婦でも「1回、エステに行ってみようかな」なんて言い出す時代です。

不況にあろうが、どうしようが、女物業界はそれこそ永遠にドル箱であることに間違いはありません。ま、紀元前から着飾り、化粧してきたのですから、21世紀で終わるはずのない、女の本分ということで仕方ないでしょう。

さてさて、最近は単に顔になにか塗ることを化粧などとは言いません。それは単なるパーツの色づけ。本当の化粧は基礎化粧から。というわけで、今のブームはリフティングです。引き締めという方が分かりやすいでしょうか？　ちょっと前まで美白だったといえば流行の感じなりともお分かりでしょう？

ともかく、今の先端は「たるんでない肌。シワのない肌。老化してない肌」なんですね。セレブの中では昔からリフティングクリームというものがあり、それを寝る前にたっぷり塗ってお休みになるらしいですよ。すると、顔の張りがピンと戻り、たるみのない肌が保てるという次第です。

高いクリームは2～3万もするので、昔はみんな手を出さなかったらしいですが、エステブームなどから歯止めがきかなくなり、世の30代以上の女性達はみんな高価な引き締め効果のあるクリームを所持なさっているわけです。

私の友達は自分で「最近、歳のせいでシワもたるんできたわ。リフティングクリームも買ってんけど効果ないし。ああ、この鼻の横のシワがもうちょっとピンと張ってたら、昔みたいに可愛いのになぁ」とぬかしておりました。

なんじゃそら！　昔は可愛かったって自分で言うな！　とは内心思いましたが、怖いので突っ込みませんでした。

女はどうして化粧をするのでしょうか？　化粧は女の鎧《よろい》だと私は常々思います。10代の後半から誰に言われることもなく、女は化粧に興味を持ちます。もちろん、雑誌や、テレビなどの影響もあるでしょう。私たちの時代は高校卒業時に学校で化粧パレットを貰ったものでした。化粧するなと風紀規則を締め付けていた学校が最後には「素敵な女性になるためにお化粧は品よくなさい」などと煽《あお》る。コケにされてるとしか言いようのない気持ちになったものです。

ま、そんなことはいいとして、太古の昔から女は化粧をして女性らしさを強調してきました。それは女性の武器を最大限に生かす方法だからです。つまり極端に言えば武装ではないでしょうか。

化粧をして「よし、完璧！　今日も闘うぞ」と思う人は少なくないはずです。

化粧をする女の中には、人前では絶対に化粧を取らないという人がいます。自分の男の前であろうともです。

昔の上海《シャンハイ》の女性達がそうだったと聞きます。「上海妻」と呼ばれた彼女達は美貌と教養に長《た》け、中国男性の憧れの的だったと言います。彼女達は夜寝る時は真っ暗にして旦那に素顔を見られないようにし、朝は誰よりも早く起きてメイクしたというから、物凄い根性ですね。女の中でも彼女達はもっともプライドの高いへそ曲がりと言えるでしょう。

実は数年前にそういう上海妻の名残を匂わす女性と同席したことがあります。彼女は確かに驚くほどスタイルがよく、化粧美人でした。話し方にも品があり、絵に描いたような上流階級の奥様。が……私はどうも好きになれませんでした。レストランに入って瓶ビールがないと聞くと「じゃあ、お茶でいいわ」とおっしゃる。店には缶ビールならあるのですが、「缶は不潔だから」と言って絶対に飲みませんでした。

また、道を歩いていても、舗装状態の悪い道もまだまだ多い上海で、見事に綺麗な道路だけをより分けてお歩きになる。そのために大回りさせられたと気がついた時は、正直、彼女の美しさのためになんか付き合ってられないと思ったものです。

さて、次のランクは、女友達や彼氏には素顔を見せるが、それ以外の男の前ではたとえ温泉に入ったあとでも化粧するタイプの女性。

こういう人はかなり存在しますが、彼女達は全て我儘者です。自分の素顔をある特

チャン・ツィイー系
モンロー系
female
ヘップバーン系……お好みは？？？

定の人にだけ見せるというのは、一見すると誰かに気を許しているように見えますが、実は彼女が選んでいるのですから、素顔を押し付けているわけですね。

数人で旅行などに行くと、夜中に部屋で飲んでいるようなところに風呂上がりの女友達が入ってきます。彼女達はすっぴんで、私の顔を見ると「あんたやったら、素顔見られてもええわ」と言い、あぐらをかいてビールを飲みだすのです。

化粧を放棄するのはいいですが、そんな時に相手の意見を聞く人はまずいません。素顔でもええわって言う前に素顔でもええかな？　って聞けよ！　勝手に素顔公開メンバーに選ぶなぁ！　とこれまた私はよく心の中で叫んでいます。

どうして、勝手に素顔を許したみたいな態度に出て、人の部屋で大きな態度で飲めるのか不思議で仕方ありません。自分の仮面を自分が勝手に選んだメンバーの前で着けたり外したりする人は、決して協調性があるとは言えない我儘な人間なのです。

それから、やや濃いめのメイクを好んでするタイプ。学生や、若い女性に多いですね。彼女達は決して化粧を取らないプライドのかたまり女や、選んだ人だけに素顔を見せる我儘女よりはましな人種です。

ただ華やかな化粧が好きで、どんどんエスカレートしていき、止められないだけなのですから。言いかえれば、何かに凝ってしまうと止まらないタイプなので、化粧品にも小物にもエステにも、お金をつぎ込む人達です。

そして次々と買っては、また目移りする。要するに流行に弱く、自己意思に欠けるタイプなのです。

こういう人は「今年から英会話習おうと思ってるの」と言って本を買い、そのまま本棚に仕舞って忘れる。そして半年後に同じ本を買ってきて「あれ、また買っちゃった」と自分で大笑いする女性です。日本人には多いタイプなのではないでしょうか。ま、何もなければ（天災とか人災とか……）こういう人が一番明るくて罪がないからいいのですが、気をつけないといけないことがひとつ。この手の女性は歳をとるといろんな興味を失い、邪魔臭がりになっていきます。

すると、若い頃に凝ったメイクをいつまでもするようになって、知らない間に時代遅れのおばはん化するのです。世間をよく見て下さい。まず80年代までに青春を送った人はみんな赤い口紅をつけています。おばさんの集団が歩いてきたら必ずみんな赤い唇をしているのでご注目いただきたいものです。

それから60代以上の女性の中には今も美空ひばりのような太めの四角い眉を描いてる人が多いですね。また青いシャドウを相変わらず目の上に塗りたくってアイラインを引いている団塊世代の方。70年代の山口百恵よろしく今も眉を細くしてる主婦のみなさん。などなど……自分の顔の上に時代の止まった証拠を化粧しているのはいかがなものかと思うので是非やめてほしいと、いつも思うわけです（もちろん心の中で突っ込んでますよ……）。

さて、では適度に化粧をする人はどんな女でしょうか？ 適度ってなんでしょうか？会社に行く時には薄めのファンデーションをつけ、眉を整え、チークをつけて、アイシャドウくらいはつけるかもしれません。しかも目立った色ではなく茶系とかでしょう。口紅もつけてはいますが、毒々しい色ではない。これをナチュラルメイクというのですが、この観念が生まれてから女性は飛躍的に賢くなったと私は思います。

簡単な化粧。それは血色のよさを保ったり、女性が居ることで場を和ませる効果があります。つまり武装ではなく、礼儀ですね。

それを分かっていて化粧するということは、気が利く人間だということです。人間関係のムードを読むことも出来るし、人を思いやる気持ちもある。そう、昔で言う薄化粧の上手い人は賢い女ということです。

こういう人はすっぴんでも普段との印象には大差ありません。もともとナチュラルメイクは素顔に近いわけですから、化粧を落としても変わらないのです。だから彼女達はすっぴんでも笑って人と話しますし、とても人間らしいと言えます。

ただし、欠点がひとつ。ナチュラルメイクと同じように彼女達の心もたいへん平均的なので、面白みや華やかさ、パッションは期待できません。刺激がほしい青春時代に彼女達が無事に男の子と付き合えるのか？ と聞かれますと……堅実な人か、ケバい女に飽きた年上の彼氏となら、と答えるしかありません。女としては少々色気不足、硬めが難点でしょう。


最後に、まったく化粧をしない女。これはいったいどういう人種なのでしょう？ 考えられるのは、化粧なんかいらないほど美人である場合。うーん、そんな人は見たことがないので除外しましょう。女は美しいと欲が出るものなので、いつもすっぴんではいられません。

では他の場合は？ ま、この際、昔はしてたけど今はしてないおばさん連中も除外しましょう。化粧したことがないわけじゃないのですから。あ、それから子供も。

そうそう、田舎暮らしで、子供の参観日と親戚の結婚式だけしかしないという人も、いざとなったらするということで、最低限女性と分類しましょうか。一応の礼儀は保てているので。

私が言っているのは、若いのに化粧品も持ってないし、化粧に興味も示さない女たちのこと。そういう女性が時々いることは確かです。

実は、彼女達が今までの「女対女」を化粧で切り取ってきた中で、一番手ごわい女たちでもあります。

というのも、彼女達は武装もしないし、我儘でもないし、流行に左右もされず、礼儀も示さない女ということになるわけです。

すっぴんの女は危険です。日本にはそういう女性が少し多い気がします。化粧しなくても女として生きていけるいい国だからでしょうか。女としての主張をまったくしてない彼女達は、言いかえれば、社会に関わらなくても何となく生きていける人たちなわけですね。

見られることも、見せることもない。それは会話を拒否して生きていくという意味です。「私、別に化粧しなくてもトラブルないし、邪魔臭いし、お金ないし、その分で好きなもの買えるし……」そう言いつつ、いつの間にか会話を自ら終局していくタイプではないでしょうか。

関わらないことで心の平和を得て、挨拶もしない、闘おうともしない女性達。いつの間にか、どこかで存在し、何かをして、ともかく住んでいる……。

存在感がなくても平気な人種は怖いです。どんなに欠点があっても、女はやはり生まれつき、化粧や着飾ることが好きであって当たり前なのだから、女のすることはして生きてほしいと思います。

女対女は喧嘩も出来ます。心の中で突っ込めるし、笑いあいも出来ますが、彼女達とは何も出来ません。「化粧全然せぇへんの?」と聞いて、「何となく」とか答えられたらもう次には何も言えないからです。

そんな女性が点々と存在することが怖いと私は思うのです。「対」という字に当てはまらない人が増えたら……気持ちの悪い世界が出来上がるような気がして。人間、なにかと対立していることが個性ではないでしょうか。まぁ、私が勝手に「化粧」という窓から覗いただけですから、相対さない人たちがいることはそんなに重要ではないのかもしれませんが。

どちらがお得？

友達がこの本の原稿を読んで「へぇ、何かを比べて書いてるねんや。面白ぃな。何書ぃたん？　え？　男対女……大阪対東京……なんやしょうもない。もっと飛んだこと書きぃや。例えばブッシュ大統領対カエルとか」と言ったことがありました。

「ブッシュ対カエル」……なんやそれ？　と思いましたが、あまりにも斬新《ざんしん》な対比だったので、その言葉が忘れられません。

だからと言ってそこまでぶっ飛ぶ気はないのですが、日本の「セレブ対庶民」を比べてみたいと思います。

セレブと言っても超セレブの生活とは……いったいどのようなものなのでしょうか？　庶民である我々とどっちが幸せなのか、考えてみようと思います。

私の知っているセレブは京都の方です。日本ですからなんでもお公家《くげ》さんの家系だとかで、どこからどうみても数百坪はあるお家に住んでいらっしゃいます。小学校の頃までは家の庭の中にある小川で小魚を釣って遊んでいたとおっしゃってましたから、その庭の広さが想像していただけますでしょうか？

「でも、男の子みたいでしたよ。庭で魚釣って、泥んこになって遊んで」と彼女は言うのですが……その後ろには必ずお手伝いさんの姿があったそうなので、ただの泥んこ遊びではなかったようです。

彼女（この後Dさんと書きます）が自分の家が広いと感じたのは小学校の時だったようです。お友達の家に遊びに行ったら、何もかもがコンパクトでものすごく驚いたそうです。「オモチャのお家みたい」と感激して言ったら、友達のお母さんがむっとしたので、初めて「あれ？」と思ったそうです。

Dさんのお父様はホテルを経営してらっしゃいます。そのためにDさんは関西系のセレブのパーティなどにも顔を出す機会が多いようです。

セレブなので、いちいちお家に美容師を呼んで髪をセットしてもらうそうです。というか、美容院に行ったことがまだあまりないので、恥ずかしいとおっしゃってました。お母様の代からお家に美容師の方がいらっしゃってたとか……。

Dさんのお母様は版画家です。その関係で画廊もやってらして、京都のセレブの中では珍しく働く女性のようです。お母様は一年中忙しくなさってて、Dさんの憧れの女性だそうです。

Dさんはお母様がお料理をなさっている姿を見たことがないようで、私の家に来て、私が台所に立っている姿を見て「どうしたんですか?」と聞いてきたくらいでした。働いてる女性は料理をしないものだと思い込んでいたようです。

最近は私の影響か、お料理に興味が湧いてるらしく「新しいお鍋を買いました」などとメールがきます。形から入ったんかい! と突っ込んでやりましたが……我々と違って、まずいお道具から揃えられる習性があるようです。もちろん、どんな技術も最後は愛情ですが、途中のショートカットはいい道具を使うに限ります。その点では、彼女の料理の腕は一般人より早く上がる可能性も高いでしょう。

また彼女は洋服はお店に行って「届けて下さい」と言ったら買えるものだと思っていたそうで、高校生になって初めてTシャツを着たとぬかして……失礼、言っていました。しかも書道部で作ったお揃いのTシャツだったということなので、自分で買いに行ったわけでもなさそうでした。

ただし、見る目は一流です。本物の宝石を見分ける能力も高く、洋服もちゃんとその価値がないと買わないと言ってました。つまりセレブの買う洋服は、後できっちり売れたりもするくらいのものなわけですね。

我々の買っている服などはどんなものなんでしょうか? そういえば、私は苦手なので店に入ったこともないですが、「ピンクハウス」というレースがビラビラついたメーカーの服は、ファンが多いので中古でも高く買い取ってくれるそうです。

実際に私の後輩が結婚する時にその手の服を処分したのですが、けっこうなお金になってました。服も財産ということでしょう。


さてさて、そんなDさんは今年28歳です。大学を卒業した後はお家のお手伝いをしています。どんな生活をなさっているかと言いますと、朝起きて、犬の散歩をさせるところから始まります。もちろん散歩と言っても庭を歩く程度で十分。その後、遅い朝食をとり、午後のお出掛けのために美容師さんに来てもらって髪をセットします。

健康のためにジムにも通っていると言ってましたから、午前中に行ってるんでしょうかね。その点は仕事のない時の役者よりも健康的で、美容にも気を配っているかもしれません。

「私ね、ドン臭いんです。そやからせめてジムのプールでバタフライだけは泳げるようになりたかったんで、頑張って覚えました」とおっしゃってましたが、なかなかどうして、バタフライの泳げる女性なんていませんから立派なものです。

彼女のお出掛けは、お父様のお付き合いのパーティや、お母様の画廊に行かれることが多いようです。そのためのお洋服を買いに神戸の方に車で行かれることも……そうそう、Dさんは自分で車を運転します。当然運転手付きの車に乗ってらっしゃるのだろうと思ってたのですが……。

「車だけは自分で運転したかったんです。だって、それくらいせぇへんかったら、自分では何も出来へん子やと思われてしまうでしょ？」と彼女はけな気に言っておりました。お嬢様にはお嬢様の悲哀があるのですね。

「勉強嫌いやったから、教習所行っても問題覚えられへんもん」と言って免許を取らないヤンキーよりはいいでしょう。何かあると「迎えにきて」という女の子よりは自主的と言えるかもしれません。

さらにDさんは、子供の頃は、下着でさえクリーニングに出していたそうです。大学に入ってそれもやり過ぎだと知ってから、下着だけはお手伝いさんに洗ってもらっているようですが。

我が家にきて「洗濯機ってこうやって回ってるんですね」と感心して見ていたのを覚えてます。ま、うちの役者の中にも東京公演のためにウィークリーマンションに泊まって、生まれて初めて洗濯機を使った子がいるので、洗ってくれるのが、お手伝いさんかオカンかの違いがあるとはいえ、洗濯から遠い人間が多いことも事実です。

ちなみに彼女のお車はベンツとアウディ。2台ともあまり女性っぽくない渋い色で、

貧乏でも
お金がなくても
食べられなくても
夢があるんです！
大丈夫です！
な〜んて

Dさんのシックなものを好む控えめな性格が出ています。

お気に入りの時計はブルガリとカルティエで、普段はカルティエ派だとおっしゃっていました。

お洋服とバッグは大体シャネル、靴は外反母趾《がいはんぼし》で既製品が履けないので、好きなメーカーの靴のデザインを真似てオーダーするのだそうです。それってええの？　と思いますが、セレブなのでいいのでしょう。

そうそう、こんなことを書いてますとDさんは何も知らないバカなお金持ちのお嬢様だと思われがちなので、彼女の名誉のために書いておきますが、彼女はお茶、お花はプロ級の腕前。また書家でもあり、その世界では立派に活躍してらっしゃるプロでもあります。とくにアメリカでは彼女の書いた字が一枚数十万で売れるとか……。さ、ここでお気づきだと思いますが……セレブというのは、セレブな生活をして生きていくように純粋培養されて育ちます。

費やすお金に関してはケタが違いますが、一方でDさんは教養高く育てられるべくして、育ちました。躾《しつけ》も厳しかったようです。

一般人の我々はどうでしょうか？　Dさんは人前でお父様に「パパ」と言って甘え

ただけで、お家に戻ってからひどく叱られたこともあると言っていました。「場所をわきまえなさい」というお父様の教育だったようです。

普段、ダイエーなどの大手スーパーの中で子供がきゃっきゃ言って走り回っているのを見ると、その違いは歴然としてきます。あそこで叱られない子はすでにセレブではないわけです。

そうやって上品に、教養高く育てられた彼女は、それ相当の価値をなす仕事もこなせるのですから、生まれながらに得をしているというのが現段階のDさんなのです。

では一般市民はやっぱり損なのか？　というと……そうでしょうか？　庶民の得してるところはエモーショナルな生活が出来る点です。セレブセレブと言いますが、セレブの生活はかなり狭く、行動範囲や、着るもの、食べるものさえ決められてくるのが現実です。

それに比べると、庶民はなんでも選び放題。百均に行けば、一枚１００円のＴシャツだって売ってるくらいです。旅行するのに使い捨て用に着て行くような代物《しろもの》ではありません。どう着こなすかはセンスひとつ。それが楽しめるのが庶民のいいところです。

また食べるものも、屋台から、立ち食い、ファーストフードに近所の居酒屋、ちょっと張り込む日はレストランとなんでもありです。

セレブのように一見《いちげん》さんお断りのお店には行けなくても、日本にはあらゆる美味しいお店があるので困りません。

「今日の朝はマクドナルドのモーニングセットやったから、お昼はうどんにしとこか」なんて楽しみは庶民ならではのもの。毎食違った国のものを食べられる飽食の国に生まれてきたからには、楽しまない手はありません。

友達の家でお好み焼や鍋パーティをするのも私たちの楽しみのひとつ。安い発泡酒に安い具を入れただけの寄せ鍋も、ちょっとポン酢だけ値のはったものをみんなで割り勘して買うことで、ぐっとクオリティがあがった感じになり楽しいものです。

なにより、庶民の生活は全てが本音。喜怒哀楽を相手に伝え、それに意見を乗せ合ってわいわいと時間を過ごすことが出来ます。ひとりでは不可能なことを、多数で解決出来ることも多いでしょう。

私の名言、なんて勝手に言ってますが「人生最大の娯楽は会話である」、そんな人生を送れるのは庶民だけです。

こうやって比べてみると、セレブにはセレブの良さ、庶民には庶民の良さがありました。

セレブは個人の所有するものにもお金がかかってますし、個人的な才能も発掘してもらいやすい世界でしょう。それらの点、個人としてはものすごく得な人生を送れるのがセレブの世界と言ってよいでしょうか。

庶民は個人としてはそれほどでもありませんが、多数で生きていくことで、得をします。誰かの知恵が伝わってきて知ることや、喫茶店で隣に座ってる人が言っていたすごい話などが増えていき、楽しい会話の出来る人間になれます。

その他大勢でいることで食は安定しますが、一攫千金《いっかくせんきん》を誰かが達成しても構いません。失うものがない代わりに、得るものが大きいという喜びもあります。

楽しい、明るい生活を手に入れることの出来る庶民、個人の能力を高めることの出来るセレブ……さてあなたはどちらがお好みですか？　私はずっと庶民派だったんですが、最近になってセレブの人たちの教養もすごいなと感心することが多くなってきました。Dさんから綺麗な草書のお手紙をいただくと「はぁ」とため息が出ます。私たちが持ち得なかった時間を彼女は過ごしているのだなと感じる時、どちらが得か？と思う今日この頃なのです。ま、外国はもっとすごいんで、日本人でよかったと思うとこに落ち着くんですけどね。

芝居の公演が終わって、自分の体のメンテナンスもしなくてはと思い、マッサージに行った。

中国人の女医さん親子がやっている整体院にいつも行くのだが、若い先生の方が大阪弁バリバリなので口が悪い。

「ああ、凝ってるね。このままやったら壊れるよ」と人の体を触ってあっさり言う。

私が行った日も80歳のおじいちゃんがいて、治療を受けていた。よく来る人らしい。

その人に向かって開口一番「また来たん？　もうええのに」と言い放っていた。私の方が内心「いやいや、ここに来るのも楽しみのひとつなんとちゃいます？」と言いそうなくらいだった。

しかし、おじいちゃんの方も負けていない。「今日は腰だけでええ。あとはいらん、あんた荒っぽいからな」と言い返す。

先生は笑いながら「悪いところは思い切り治療せな、死んでしまうで」とまた言い飛ばした。

関西に長く住んでいるらしいが、中国の人らしい気の強さも手伝って「チ

元気になる言葉

ヤキチャキの大阪人」という感じである。

最近、はっきり言うことの方が愛がある、と分かっていても、それを避ける人が多い。

電車の中で騒いでる子供を見て「こら！」と言える大人でありたいと思いつつ、なんとなく言わなくなったという話をよく聞く。

大阪人も、会話を交わすことが元気になれること……という人間味を失っていくのだろうか。淋しい話である。

あの中国人の先生だったら「言うてることが間違うててもええやん。喋る方が楽しいやんか！」と叱咤しそうだ。大阪人にとって、元気の出る言葉は褒め言葉だけではないと、改めて思った。

第3章　私の掟

母娘

ここまで来たら、私の掟も何かと比べてみたいと思います。

私には「とりあえず眺める」という掟があります。そしてまさしく「比べたがる」という掟もあります。

私が何かを比べたがる性格なのは、芝居をやっているせいだと思います。役者は自分と役との違いを比べるところから始めますから。脚本を書いていたら、それが芝居の役全体にひろがるわけですので、かなり比べたがる性格になっていくのがお分かりいただけると思います。

ところで、せっかくなので母と自分の違いを比べてみたいと思います。

うちの母は大正11年生まれで、84歳になります。生活の基盤は大家《おおや》業。趣味はなぎなた、居合抜き。居合は五段の腕前です。真剣を所持し、今も稽古に通ってます。

それから日舞。こっちは近所の子供に教えていた時期もありました。なかなかの使い手です。娘が言うのもなんですが、母は日舞を踊ってる時だけ色っぽいですね。ただ、敬老の日などに踊りの慰問に行ったりするのですが、自分より年下を慰労してどないするねん？　と私は止めています。

一方、私は昭和34年生まれ。今年48歳です。母との最大の違いは外で働くことを生《なり》業《わい》としてきたことです。我が家はお金にシビアで、学校を卒業した時から親の「今日から大人やから、自分で生きていけ主義」を実行させられ、20歳から一切お金を出してもらうことはありませんでした。

ですから私はバイトにバイトを重ね、就職などもして、芝居を続けてきましたが、根は毎日コツコツ働き、責任を持つことが正しいと思ってる地道なサラリーマンです。

しかし、母は結婚の時に祖父から貰った土地を売り、それを元手にお金を転がして、借家を建てて大家になった人です。時代も戦後の復興時期だったので、そういう商売もイメージしやすかったようです。ですから家から出たことがありません。

「毎日、外に行ったら疲れるやん」と言う母と「家におったら体の居場所に困る」と言う娘。この点ひとつ比べても、私たちは水と油。あまり合わないことがご理解いただけるかと思います。

加えて母は、少女時代は田舎育ちだったので、食料に困った経験があまりありません。野菜は常に庭に生えているものという考えがどうもぬぐえないようです。今も兵庫県の方に一軒家を持っているのですが、そこの庭に野菜を栽培してます。ネギや白菜、ブロッコリーなどをリュックを背負って収穫に行き、大量に持って帰ってきます。

私が家で料理をしていると、突然やってきて、何キロもある野菜をドサッと置いて「これ洗って料理に使い。ほんで、ちょっとちょうだい」と言い放ちます。

そうなのです。母は収穫は好きなくせに、調理が大嫌いなのです。田舎育ちなのに、お姉さんがいたので料理を免れたようで、ちっともしません。

いざ、料理をすると、とんでもない迷作を作ります。過去最高だったのは「肉ジャガ・トムヤムクン風味レモン添え」でしょうか。普通に作ればいいものを変な工夫をして、食べられないものを作ってしまうようです。

だいたい料理嫌いというのは面倒臭がりなのですね。母はジャガイモ、にんじん、大根なども皮をむいたりしませんよ。洗ったらそのままブツ切りにして鍋に放りこみます。私は子供の頃、おでんの具というのは大きいものだと思い込んでました。うちの大根は厚さが10センチくらいありましたから……。

母がその調子なので、父はよく家から逃避して外に食べに行ってました。私もしょっちゅうお供してましたね。父の好みの方が人間らしかったですから。

ですから、私が小学校の高学年くらいから料理を趣味とするようになったのは、実戦仕込みでした。お客さんなどがあり「えらいね。小さいのに料理上手いわぁ」と言われると、ホッとしたものです。認めてもらえれば母がどんどん台所を明け渡してくれたからです。

ただ問題なのは、私が料理すると知った彼女が、こっちの忙しい日でもお構いなしに「カボチャ炊《た》いて」とか言い出すようになったことでしょうか。「忙しいからまた今度」と言うと被害者顔をします。若い頃は「あ、悪いことしたかな」と思って「ほな、炊くわ」と頑張ったりしましたが、最近は彼女の作戦だということを知っているので、忙しいを通します。

母の性格は私に言わせると、実に自分勝手で、自画自賛タイプです。私のインタビュー記事などが新聞に載っていたりすると「私も載ったことがある」と言い出し、居合の試合の記事などを見せたりします。なんでも、老人部門で優勝した写真が地域欄に載ったとかで、切り抜いてパウチされています。

彼女の最大の特徴は、情に流されやすいくせに、気がきつく、物欲が強いことでしょうか。私も情に流されやすいのは似たところがありますが、自画自賛タイプにはなれませんでした。芝居をやっているので、自分ひとりじゃどうにも出来ないことの方が多い世界を知っていますから。共存主義ですし。

そうそう、母の物欲の強さはですね……なんというのか、同じものをたくさん欲しがるんですね。あなたの周りにそんな人はいませんか？　彼女は一個買いが出来ない人間です。商売人に多いと言いますが、例えばジュースを一本だけ買うのが面倒臭いようで、酒屋さんにダースで届けてもらいます。

食べ物でも、食べ切れないのを知ってても大量に買うのが大好きです。コンビニに行っておにぎりを10個くらい買って来たりもします。「ひとりでそれだけどうするん？」と聞くと「半分あげようか？」と答えます。

私は内心「答えになってないんじゃ！」と思いつつ、数日してそれが捨てられるのを見るのが嫌なので、貰うわけです。芝居の稽古がある時などは若い劇団員にあげますが、そうでない時はこっちも困ってしまいます。

母の大量買いはそんな小さなものから始まり、洋服などにも広がってます。

「このセーターええやろう？　大ちゃんにどう？」とうちの旦那にセーターを買って来てくれたりしますが、不用意に「ありがとう」と言ってしまうと「もう一枚あるで」

うちの母は大正11年 生まれ。 現在84歳
元気すぎて怖いくらいです。
時々あの人は
龍族かも…
と思います…
母のうしろに
龍が見えたことがあります。
酔ってましたけどね…。

と同じ物を出してきたりするので、いつも様子を見てから返事をすることにしてます。

昭和40年代の芝居をするため、その当時の台所用品が残ってないか聞きに行った時はビックリしました。「電子ジャーがある」と言うので見せてもらうと、懐かしい型のもので、大喜びで「貸して」と飛びつきました。

すると母は「もうひとつあるで」と言い出したのです。なんでも、当時便利そうだったので、2つ買っておいたらしいです。ひとつは完全な新品でした。「ナショナル」の文字の入った箱ごとありました。他にも2つ目をたくさん見せてくれましたよ。ガスストーブとか、アンカ、ポットなんかも買い置きがありましたね。

そして、それらを家に放置しているので、母の家は倉庫みたいな感じです。整理整頓も苦手なので、年々エライことになってますが、最近は諦めて口出ししてません。

昭和40年代の新品が手に入ることは、小道具として見たらおおいに喜ばしいことなのですが、普通の家には絶対にいらない物なので、自分が芝居をしているからこそ使うんだよと強調しています。

彼女はこの調子で家も数軒持ってます。今住んでる実家、兵庫県の家、そして震災で潰《つぶ》れてしまいましたが兵庫県の高取《たかとり》というところにも1軒ありました。昔は三ノ宮にもあったらしく、過去に5軒建てたそうです。女の手で家を5軒……立派というよりも物欲のなせる業《わざ》だなと感心してます。

私はそんなことは絶対にありません。ひとつ買うのも面倒臭い方ですし、片付けるのが大好きです。というのも、整理整頓がなされてないとどこに何があるのか分からないので、困らないように片付けるわけです。

ですから、母の家に行くとめまいがします。冷蔵庫にはびっしりと買って来たものが詰め込まれ、賞味期限も見られない状態。家中に箱が積まれて何が入っているのか分からない状態。ひと部屋丸々、着物と洋服が詰まった部屋があり、そこも足の踏み場がありません（ここだけは自分が着物を借りに行くので、ブチ切れて片付けましたが……）。

情に流されやすいという点では少々似ていると書きましたが、それも開きはあります。

母はお金にはシビアな方ですが、近しい人が「お金に困っている」などと言い出すと無条件に貸してしまうことがあります。母の家の1階に最近まで小さなシール印刷の事務所を構えているおじさんが居たのですが、なんと2年も家賃を滞納していたらしいです。

「それって、犯罪やで。出て行ってもらったら？」と言っても「うん……そうやねんけど」と言い難そうでした。最終的には意を決して伝えたみたいですが、そういうモメ事を抱えるよりは、黙ったまま穏便に済ませたいという弱点があるようです。

私の場合は「ええ奴」と信じてる人に泣きつかれて、何百万か取られたことがあります。そういう時に行動してしまうので、損をするのですが、自分のお金だし、自分が馬鹿だったので仕方ないと諦めてしまいます。

他人には迷惑をかけてないという点では母の血かなとも思いますが、母のように穏便に済ませるタイプではありません。本人に会ったら当然有無を言わさず殴るでしょうし、周りの人にも正直に「彼に騙されて○○円取られた。あの人にお金貸したらあかんで」と言ってしまいます。二次災害を防ぐにはそれが一番だからです。

性格や主義がほとんど真逆で、仲の悪い母娘ですが、親子というのは縁が切れません。私たちはこんなちぐはぐなまま一生親子でいるわけです。そう思うと不思議な気もします。仲のいい母娘を見ると「ようやるなぁ」と感心しますが、羨《うらや》ましさはありません。それほど私は母と自分が仲良くなるとは想像がつかないからです。

みなさんはどういう親子関係ですか？

お気に入りの家

あなたは田舎暮らしが出来る人でしょうか？　まず田舎を定義付けてみましょう。田舎という場所は家の前が土道でなくてはなりません。もよりの駅から20分以上歩く場所にあり、山間《やまあい》であることが条件でしょうか。

男女問わず、何歳であろうと車の運転が出来ること。駅から家までドアトゥドアで行けるほど駐車スペースに困らないのも特徴ですね。

私の知っている奈良の知人の家を「田舎暮らしの家」と想定してみましょう。まず春は気候がよく、新芽が吹くのが肌で感じられるほどであり、花々が競い咲くのを幸せに眺めることが出来ます。

夏の朝夕は都会よりぐっと過ごしやすく、エアコンなんていらない気候。夜は星も美しく見られますが、ぼーっと見てると口に虫が入ってくる事態になりかねません。

秋は実り多い季節をこれまた肌で感じ、近所の農家からおすそ分けにいろんな農産物を貰うことにもなるでしょう。庭にまい込んでくる落ち葉が、掃いても掃いてもまたまい込んでくる、掃除嫌いにはたまらない運動量の多い時季でも……。

冬はメチャクチャ寒いです。家の中で寝ていても、吐く息が白くなるのが分かるくらい寒いのが難です。おまけに家の周りにも雪が積もるので、それを掻《か》き分ける作業に半日かかります。仕事に行くのにもひと苦労で、車を出そうにも道路が凍結していて出せないことも多くなります。その上、土道がぬかるんで服が汚れることもしばしば。

利点は家が広いことでしょうか。台所だけでも10畳くらいのスペースがあり、家のあちこちに座る場所があります。ソファなんて置き放題です。

実は今書いている家は、奈良県でギャラリーをやっているWさんのお宅のことなのです。３００年前の農家を改造して住んでいるらしく、ものすごく大きな家です。入るといろりがあって、夏でも薪《まき》がくべてあります。夜は真夏でも冷えるのですね。

実は、去年私の友人の画家がそこで個展をやったのでお邪魔したのですが、なんとも言えないいい雰囲気の画廊でした。しかも画家本人が一緒だったので、私と劇団員のヨウコは半日近くそこに居座り、最後はWさんのお手製の料理まで食べて終電で帰りました。

あの家に飾られた絵は、昼間は少し空々しい感じで冷たく見えましたが、夜になってほのかにオレンジ色の電球がつくと、怖いくらい色っぽく浮かび上がって表情が変わりました。モノクロの浮世絵のような遊女の絵だったので、私達は彼が何故ここで個展をしたがったか理解出来たような気分になったものです。

気になったので「このへんは、買い物とか不便なんですか？」と聞いてみましたが、「ううん。車で行ける大きなスーパーがあるから全然不便ちゃうよ。駐車場までカートで運んで積み替えるだけやし」とお答えになりました。そのへんは都会より便利やん！　と改めて驚きました。

Wさんは「芝居やってるの？　へぇ、たいへんやね。田舎なんかに住まれへんでしょ？」と私に言いました。その時は「はぁ、そうですかね」と答えましたが、今になってその問いを考えている最中です。

というのも、最近知り合ったある俳優さんが和歌山の田舎の方に住んでいるからなのです。彼は仕事がある時だけ大阪に来て、後は和歌山に戻って暮らしてらっしゃいます。優雅な感じですが、その方が俳優の仕事には向いているのかもしれません。都会にばかりいてもリラックスは出来ないのでしょう。

実は住もうと思ったら、我が家にも明石《あかし》の方に家があります。母の持ち物ですが、彼女が週末に行くだけで誰も住んでいません。あそこを少々改装すれば、私には週末だけ書きものをする空間が約束されているのですが……さて、都会の真ん中で育った私がはたして週末だけでも田舎になじめるかどうかは、かなりの疑問です。

そうそう、都会も定義付けてみましょう。我が家の場合を考えますと、まず周囲には土道がありません。駅から家までどんなにゆっくり歩いても7分くらいでしょうか。それから家は狭いですね。15坪しかなく、4階建てです。建てた当時は1階から4階までを行ったりきたりするだけで太ももがパンパンになりましたが、最近はそのおかげでどんな階段もおっくうではありません。

車はありますが、あんまり乗りません。大阪はどこに行っても駐車場があまりないので、乗るのは便利でいいんですが、置き場所に困るからです。我が家が車を持っているのは劇団の荷物を運ばないといけないという事情があるからでしょうか。

リビングは16畳くらいありますが、なんだかんだ置くと狭くなるので、そんなに快適な空間と言えるかどうか。それに毎夜毎夜、誰かが来て酔っ払っているので、常に誰でも泊まれるように布団が出しっぱなしになっています。

台所は私にしてみたらかなりこだわったので快適ですが、細長い3畳ほどの場所なので、置ききれないものも多いです。大量に料理する時は別のところから机を持ってこなければならず、とても便利とは言えません。

春は快適です。町中でも春になると桜が咲くので「ああ、季節を感じるわぁ」と思えるからです。

しかし、大阪の夏は最悪です。夜になっても30度を割らない日も多く、しかも南東向きの我が家の4階は真夏になるとデンジャラスゾーンです。私の仕事場は4階なのですが、最初の夏にあまりの暑さに耐えられず、天窓専用の遮光カーテンを特注したほどです。暖かい所の好きな猫さえ、真夏は上がってきません。なるべく夜中に仕事をするようにしているくらいです。

秋は「ああ、秋か」と思うだけで特別なにも季節感はありません。近所のスーパーに松茸《まつたけ》が売られるようになったら、買うべきかどうか迷うくらいですかね。

冬はあまり寒くありません。大阪のいいところのひとつですね。夏、最悪に暑いかわりに、冬は簡単な暖房器具さえあったら快適に過ごせます。仕事部屋にも小さな電気ストーブがあるだけで、それをちょっとつけていたら十分暖かくなります。

24時間やってるスーパーが近所に2軒あり、買い物には困りません。そこは年中無休なので、最近はお正月でも毎日買い物に行って、冷蔵庫がパンク状態になることもなくなりました。

コンビニでお酒が売られるようになってからはますます便利で、ビールを溜め込んでおくような場所も要らなくなりましたしね。

うちから歩いて5分以内にあるコンビニは4軒。いずれもそこにはATMがあり、銀行にも滅多に行かなくなりました。郵便も宅配便もそこで済ませます。

平均より細長い小さな住宅ですが、今のところ快適に過ごしています。それにうちには子供はいませんが、近所には大阪でも有名な学校が多く、みんなが住みたがる学区らしいです。きっと子供がいたら偶然にしてもいいところに住んだと思うんでしょうかね。

芝居を生業としているので、大阪の中心部に住むことはたいへん便利です。キタ、ミナミの各劇場には、たいてい30分以内に行けますし、京都や神戸にも一時間以内には着きますから時間的にはたいへん快適です。

それから、うちから10分も歩くと大阪城公園があり、森のようなその場所を走りに行ったり、散歩に行ったり出来ます。春夏秋冬はそこで感じるといえるでしょうか。先日も夜中に自転車で通りかかりましたが、都会とは思えないほどのマイナスイオンが出ていて、「ああ、気持ちいい」と何度深呼吸をしたことでしょうか。大阪の真ん中といえども、あれほど大きな公園があったら、庭なんていりません。

さて、こうやって書くと狭いだけでなかなか都会暮らしも快適じゃないかという感じになってきましたが、我が家にはあの奈良のWさんのギャラリーのような快適空間

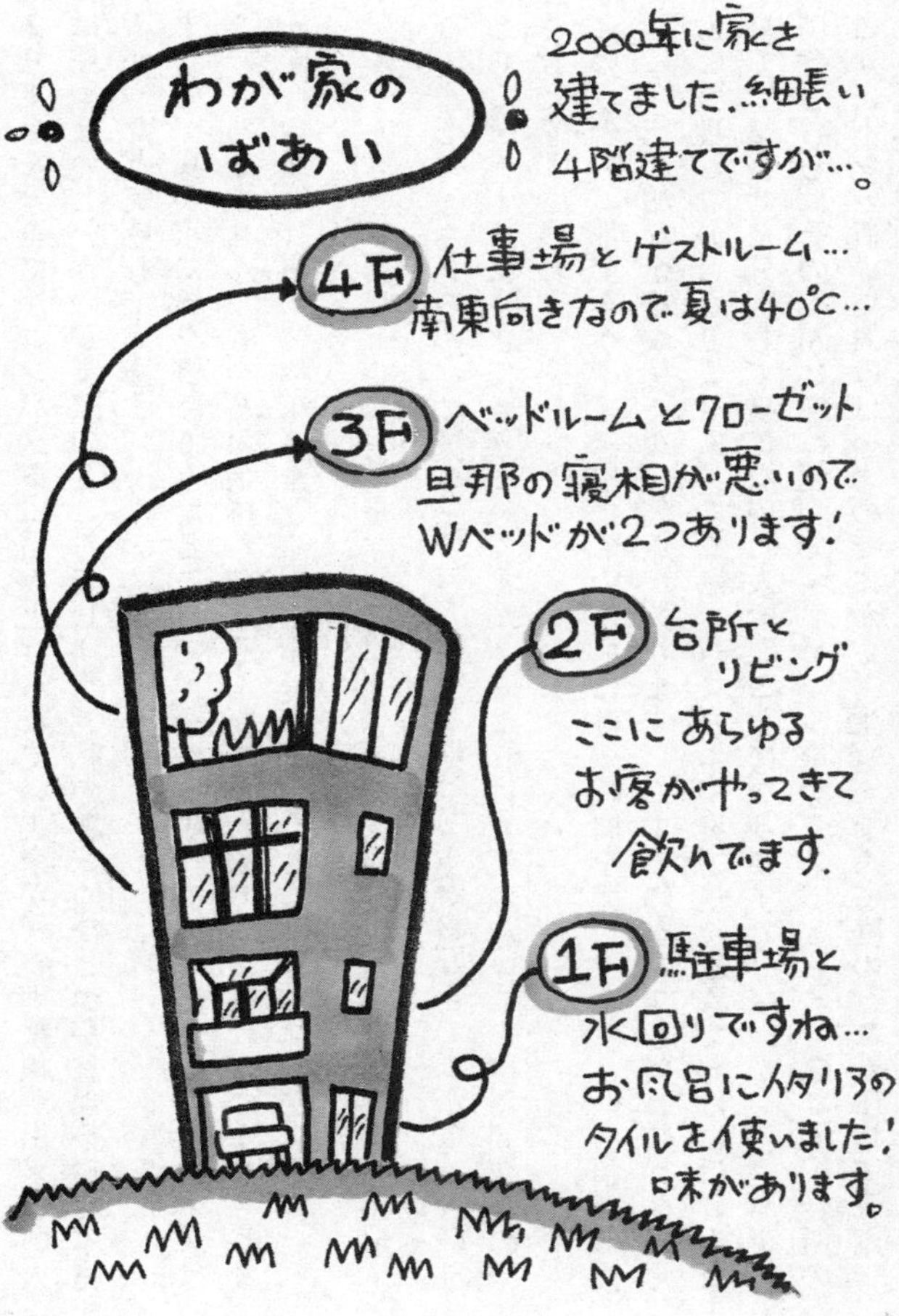
わが家の
ばあい
2000年に家を
建てました。細長い
4階建てですが…。
4F
仕事場とゲストルーム…
南東向きなので夏は40℃…
3F
ベッドルームとクローゼット
旦那の寝相が悪いので
Wベッドが2つあります！
2F
台所と
リビング
ここにあらゆる
お客がやってきて
飲んでます。
1F
駐車場と
水回りですね…
お風呂にイタリアの
タイルを使いました！
味があります。

はありません。全てがコンパクトに積み上げられていますが、整理整頓が出来ない人には住めないというのが実際のところでしょう。私の趣味のひとつが整理整頓で本当によかったと実感しています。

まして、我が家に絵を掛けてみたところで、それを離れて眺めるようなスペースはどこにもありません。もっとお金持ちならそんな空間も家の中に作れるのかもしれませんが、住居と仕事のスペースをとるのが精一杯というところでしょうか。

ここまで書きましたが、「田舎と都会」あなたはどちらがお好きですか？　というかどちらをベースに生きていきたいですか？　これは人生において大事な問題なのでよく考えて下さいね。

というのも、都会をベースに生きている私には、時間を節約できるという利点の代わりに、空間的な余裕が持てない欠点があります。こまめになんでも買いに行き、ちゃんと整理しないとなりません。変な話、ゴミだって庭で焼くなんてわけにはいかないので、せっせと分別して捨てないと大変なことになります。

田舎暮らしはそのへんは逆に便利です。ビールをケースごと買って来ても、台所のどこかにドンと置いておけばいいのですから。生ゴミなんて庭のどこかに捨てれば、自然に戻っていきます。

しかしながら、時間的な余裕がないと田舎には住めません。冬に雪が積もったら？　車が渋滞したら？　と何でも時間を余分に考えて行動しないとなかなか住めないからです。

どうですか？　基本的に都会をベースに住む人は注意深くて、何事も片付け上手、時間の正確さを基準に生きていくタイプでないといけないようです。前にも書きましたが大阪で言うイラチにはもってこいの住み場所と言えるでしょう。

一方、田舎をベースに住む人は、なんでも大まかに考えられて、人間関係でも物でも、放置しておくことを怖がらない大らかな性格、のんびりしている人に向いているということになるでしょうか？

今では都会も田舎も便利さにはあまり差はないようになってきましたので、自分の性格でどちらをベースに選ぶかという問題は大きなものになりつつあるでしょう。人間はやはり自分にあった生活をしないと神経にきますんでね。

ちなみに我が田舎の家には、母が住むはずだったのですが、84歳になっても彼女は行きたがりません。行かない理由を聞くと「だって、田舎におったらイライラするねんもん」ということです。彼女にとっては自分の生まれ育った場所のはずなのに、都会暮らしが身に付いてしまったのでしょう。

母曰《いわ》く「田舎の人はのんびりしてるけど、ドン臭いから話出来へん。この間も田舎の家に行ったら、近所の人がキャベツひとつ畑からとってきたげるっていうから待ってたら、30分も帰ってけぇへんねんで、アホらしなったわ」とのこと。イラチそのものというか……齢《よわい》80を越えて何をそんなに急いどるねん？ という感じではないですか。母はあのまま一生大阪の真ん中で暮らすんでしょうね。

「当たり前やん、田舎行ったら病院も遠いもん」とこの前もおっしゃっておりました。彼女の性格には都会暮らししか無理なようです。

昔から言う「歳をとったら余生は田舎でのんびり暮らす」という生活は、決して誰もかれもの理想ではなかったということでしょうか。

そうそう、ウッディ・アレンの『さよなら、さよならハリウッド』をご覧になりましたか？ 彼は映画の中で失明するのですが、神経性のもので、ある日急に目が見えるようになります。その時、最初に見えたものはニューヨークの摩天楼。夕陽に映えたビルの群を見て「この世の中はなんて美しいんだろう！」と叫びます。普通そういうシーンでは自然を映すものですが、アレンは根っからの都会人なんですね。彼ももう70歳近かったはずですが……。

そんなこんなで、「田舎対都会」をお送りしました。あなたはどちらに住むべきだとお考えですか?

ある比較

みなさんは普段、お米派でしょうか、パン派でしょうか？　主食としてのお米をこよなく愛されている方は多いと思いますが、関西人にはパン派という人がかなりいます。

ご存知ない方も多いと思うので、というか……当の本人たちがあまり知らないのですが、日本でパンを一番たくさん食べるのは関西人です。２００１年の統計によりますと、１位が兵庫県。２位が大阪府。３位、和歌山県。４位、奈良県と続きます。これと呼応してマーガリンも関西が北海道をはるかに抜いてますし、コーヒー豆の購入量も関西地区が一番多いという統計が出ています。

当たり前ですがお米はその分少なめ。和歌山県を除いてはどの県も30位台に止《とど》まります。

大阪の人に「死ぬ前に何が一番食べたい？」と聞くと「焼きたてのパン」と答える人も少なくありません。私もそのひとりです。熱々のトーストに極上のバターを塗って、美味しいコーヒーと一緒に食す。これが死ぬ前に食べたい一品です。はぁ……書いてる最中に食べたくなってきました。

余談ですが、うちの旦那はお母さんが千葉の方なので、関西人にはめずらしくパン食に興味がありません。「なんやて、死ぬ前にトーストが食いたい？　あほちゃうか？」と聞かれたことがあります。ちなみに彼の死ぬ前の一品は「蕎麦《そば》」だそうです。

失礼しました。話を戻しましょう。関西人がパン食を好むのはもちろん朝と昼です。手軽に食べられるから、時間の節約になるからと、イラチ（せっかち）な関西人らしい理由があるようです。関西では美味しいパン屋さんには必ず行列が出来ます。焼きたてのパンが上がる時間が表示されているのでみんな買いに行くわけです。

それからご存知のようにお好み焼、焼きそば、たこ焼なども主食のひとつとして捉《とら》えられています。朝はトースト。お昼ご飯はたこ焼、夜はパスタ。なんて人は珍しくありません。

うちの事務所と劇団員達の昨日の統計をとってみました。

【34歳、女性。Tさんの場合】

朝↓甘いパンとインスタントのチゲスープ。

昼↓調理パン。

夜↓お好み焼と焼きそば。ビール。

夜食↓ラーメン。

【21歳、女性。Aちゃんの場合】

朝↓甘いパン。

昼↓インスタントのパスタ。

夜↓よせ鍋とうどん。

【26歳、男性。K君の場合】

朝↓ジュース。

昼↓調理パンとヨーグルトとコーヒー。

夜↓おでんと野菜炒めと小うどん。

夜食↓お酒。スナックで横のお客から貰ったたこ焼。

お気づきのように誰もお米を食べてないという状況ですね。中には1週間ほどお米を食べてないと答えてくれた人もいました。それでもみんなに「お米を食べたかった?」と聞くと「目の前にあったら食べたいけど……そんなに。どうしたんですか?お米の原稿とか書くんですか?」と聞き返してきました。

一方、炊きたてのごはんがないと生きていけないという人種もいます。いやいや、日本人なら大半の人がそうかもしれません。東京の友達には「朝からごはんを食べないとパワーダウンする」と言い切ってる人もいます。

関東地方では焼き魚に味噌汁とごはん、がやっぱり朝食の王道なのでしょうか。そう言えば若い頃東京に住んでいた時は私もお米を食べていました。ひょっとしたら人生で一番食べた時期かもしれません。

確かにお米には癖がなく、何にでも合うので、一旦慣れてしまうと、なくてはならないものになるのかもしれませんね。それに案外ダイエット効果があるので、パンよりもお米を食べるようにしている人もいるでしょう。

♪

ではここで、パンを食べる人と、お米を食べる人の行動を考えてみましょう。パンというものは手で食べます。日本人はおにぎり以外のものを手掴みで食べたらいけないと躾《しつ》けられるので、昔はフレンチのコースなどを初めて食べる時にドキドキしたことでしょう。

綺麗に着飾っている貴婦人がいきなり手掴みでパンをとって口に入れる光景を見て「うそ……」と小さく言った人がいたかもしれません。パンはそれまでの日本人の感覚とは違った食べ物だったと想像出来ます。

しかも、パンはお皿の上に載ってない場合だってあります。ヨーロッパのレストランなどに入ると、テーブルクロスが掛かっているので、自分の食べているパンをそのままテーブルに置いたりします。ちぎって食べるのでそれも自然な行為です。パンを食べる人たちは行動的です。どこでも食べられるし、なかなか腐らないので、自由に持ち運べるからです。世界中のあらゆる国でパンが主食になった理由もよく分かります。

そう、腐りにくいので、たくさん作っておくことが可能です。ゆえにお店に入って「パンがない」と言われるようなことは決しておこりません。

もともと手でちぎって食べるので「ちょっと頂戴」と言って他人の分をおすそ分けしてもらっても違和感がありません。他人と接触することを自由にする食材とも言えるでしょうか。

その点、お米はどうしても器がいります。なので行動範囲が狭くなってしまうのが特徴です。日本人はその上、立って食べるなとか、テーブルに肘《ひじ》をつくなとか、残さず食べるようになどと教育されるので、食事の規制が厳しいと言えます。もちろん、炊きたての新米を食べる歓びは誰もが認めるところですが、どうも窮屈なのが特徴です。

器というものは個人のエリアを作ります。例えば他人のお茶碗に入ってるごはんを

☆ごはんはえらい!
食べるとホッとする。
魚とのコラボは
最高だし♡
お肉にも
ピッタリあう。
おにぎりに
したら塩だけで
十分いけるし!

☆パンはえらい!
食べるとホッとする。
夜中に突然、
トーストを焼いて
バターをつけて、
ウイスキーのアテにする。
焼きたてはそのまま
いけるし!

「ちょっと頂戴」と言って、誰かが自分のお箸を差し込む……というような行為はあまり考えられません。恋人同士なら、まぁないとは言えないでしょうが、それでもあまり気持ちのいい行為とは言えません。

昔は他人が一旦お箸を付けたものは食べないのがお行儀のいい行為と教えられ、共有という言葉をなくします。実はうちの母もそのひとりでした。彼女がその主義なので我が家ではお鍋をしたことがありませんでした。

母は今でもお鍋を食べる時は最初にたくさんとって、あとは手をつけないそうです。実際に彼女と鍋料理を食べた経験がないので、話を聞くだけですが。

お米を食べるということは、個人の領分を守るということにも繋《つな》がります。行動的な食べ物とは言えない代わりに、自己責任を強くするとも言えるでしょう。

要するにパン派は「行動的で陽気」、お米派は「きっちりしていて責任感が強い」という傾向にあると思われます。もちろん日本の場合は特にという意味ですがね。

では本当にそうか？　もう少し実例を挙げて比べてみましょう。「なぜ、いつ、どこで食べるか？　また食べたがるか？」という点からみると……。

パン派は手軽に食べられるからパンを選びます。朝の忙しい時にごはんを炊いてられない、というのもあります。じゃあ、おにぎりでいいじゃないか？　と言うと、これが違います。パンは冷めても美味しい味付けが可能なのです。ごはんの場合は冷えると一気に魅力が半減してしまいます。

コンビニでもパンは普通の棚に並べられてますが、おにぎりは冷やしてあります。だからと言ってチンしてもらうこともなく食べます。あれは炊きたての美味しいごはんを食べたことがあるから我慢できる妥協です。でもパンの場合は妥協とは思いません。普通に美味しいと感じて食べることが出来ます。

だからパン食を選ぶ人は常に美味しいと感じる小さな喜びがないとイライラする食いしん坊です。美味しくないけど、これでいいやという我慢が出来ない性格なのです。

パン派の人たちは小さな満足を得ている代わりに、大きな喜びをパンに感じることはあまりありません。焼きたてのパンや、美味しい食パン、最高に美味しいサンドイッチを食べても「くぅ……美味しい！」というくらいでしょうか。

さっきの説にこれを加えると、「行動的で陽気」の上に、「せっかちで現実的」ということになります。

一方、コンビニのおにぎりでも我慢出来る人は、何故なのでしょうか？　一番の理由はパンでは頼りない、ごはんは腹持ちがいいからだと言う人がほとんどです。

お分かりでしょうが、実際に一旦お腹一杯になるのはお米かもしれませんが、腹持ちはパンの方が数段上です。バターを使っているし、お腹の中で水分を含んで膨らみますから。お金のなかった頃はよく蒸しパンと炭酸飲料を買って食べました。下手をすると一日半くらい腹持ちしたものです……ええ。

なのに、おにぎりを食べる。実はコンビニのおにぎりを食べる人が一番求めているのは精神的なものです。暖かいごはんを想像しながらでもお米の食感を感じると安心したり、お米を食べてホッとしたいというノスタルジーのようなものでしょう。

美味しさから言えば妥協してるけど、お米によって心の平和を得ているということが分かりますね。

ですが、お米派の人たちはパン派と違って妥協している分、炊きたての銀シャリを食べる瞬間には極上の歓びを見出します。新米の季節には炊きたてのごはんを食べた瞬間「はぁ、もう最高！　おかずも何もいらないくらい美味しい！」と涙を流す人さえいるくらいです。至福の瞬間なんでしょうね。

これも先ほどの仮定に加えると「きっちりしていて責任感が強い」上に「忍耐強くロマンチスト」ということになるでしょうか。

そうです。もうお気づきのようにパンとお米の比較が何を物語っているかというと、大阪人と東京人の性格をそのまま反映しているのです。恐ろしいものです、無意識に食べているパンやごはんから関東人と関西人の本質まで分かってしまうのですから……。

パン対お米。さて、ゆっくり考えてみて下さい。あなたはどちら派でしょうか？私はおそらく9割パン派ですが、最高に美味しい炊きたてのごはんを食べる歓びだけはお米派に同調するタイプです。つまり「行動的で陽気、せっかちで現実主義」だけど、時々「ロマンチスト」になるといったところでしょうか。典型的な40代の大阪人とも言えるかもしれません。

ですから、トルコという国に行った時に、彼らが毎食のようにパンとお米を食べているのを見て驚きました。トルコでは塩ゆでしたお米を毎日穀類のサラダとして食べるのです。葡萄《ぶどう》の葉に包んで、トルコ版のおにぎりとして食べるような料理もありました。

そして主食としてのパンがあります。私は旅行中のある食事の時に「ごはんがあるから」と言ってパンを食べなかったのですが、非常に驚かれました。彼らにとってはパンは毎食欠かせないもの。ごはんはよく食べるサラダだからです。「ダイエットは体に良くないよ」と注意もされました。

パンとお米をバランスよく食べているトルコの人たちはさしずめ「行動的できっちりしていて、陽気で責任感が強く、せっかちだけど忍耐強く、現実的なのにロマンチスト」ということになるでしょうか。

実際に例をあげきれないほど、そのとおりの人たちがたくさん居たことも事実です。トルコ人ほど人間的な人種は他に知りません。彼らの素晴らしい豊かさはパンとお米の両方から培《つちか》われているのかもしれませんね。

〔着物と洋服〕

以前、明治開国に伴い洋服を着ることになった人たちの話を芝居で書きました。私の書くものですから洋服に着替えた武士の話ではなく、日本で初めて洋服を作っていった職人の話でしたが……。

そんなわけで、調べに調べたおかげで今はちょっとした幕末洋服博士ですので、面白い話をみなさんにもお伝えします。そして日本人の着物と洋服へのこだわりや、考え方を比べてみようではないですか。

洋服を最初に着た日本人は誰だったのでしょうか？　厳密に言えばかなり昔から洋服っぽいものを着てる人たちはいたわけです。というか、太古の時代はご存知のように今の我々にかなり似た格好をしてますね。

ヤマトタケルなんて、都会によくいるインド綿の洋服が好きな若者の格好と変わらない感じです。女性も夏のワンピースのようなものを着て、腰に布を巻きつけたりしているので、ダンス教室の先生みたいな雰囲気ではありませんか。

ですが、源平の時代になるともう日本人は独特のややこしい格好をしてます。『源氏物語』の挿絵に出てくるお姫様たちのゾロゾロと長い打掛《うちかけ》や袴《はかま》……「なんのためにこんな動きにくい格好しとるねん？　トイレにいく時どうなっててん？」と突っ込んでしまいそうになるほどに。ま、貴族は動かないことがステイタスなのですから当然のようにそうなっていったのでしょう。昔のやんごとなきお方はおトイレなどには行かれなかったということにしておきましょう。

話を戻しますと、日本人が一気に洋服を着るようになったのはなんと言っても、江戸幕府が倒れ、明治になってからです。そう考えると洋服文化はまだ約１５０年ほどしか経っていないことになるのですから、地球規模で見ると日本人は西洋化の初期段階を過ぎたくらいの新参者かもしれません。ええ、もちろん洋服を着るにおいてですよ。

最初に洋服を着たのは軍人でした。幕末の相次ぐ内乱と西洋化への意志の現れとしての洋服。それを揃《そろ》えて着るという行為。それが西洋への扉を開くことだったのかもしれませんね。

元治元年（１８６４年）第一次長州征伐の際、松平播磨守永国《はりまのかみながくに》は近隣から人足２０

00人を調達した時、全ての雑兵《ぞうひょう》に制服を着せたという記録があります。日本初の洋服の大量生産の記録でしょうか。

洋服といってもその当時は何がなんだか分からないわけです。そこで洋服に似せた着物を作ることになりました。上下に分かれた洋服もどきの制服がどんなだったかと申しますと、上は着物の袖を細くした筒袖《つつそで》と呼ばれる形に改良し、下は袴を細くしてパンツ型にしてあったそうです。確かに着物よりも画期的に動きやすかっただろうと推察されます。

これを御用商人の森田治兵衛《じへえ》という人が大坂、京都の足袋《たび》職人と仕立屋50人をかき集めて、わずかひと月で作らせたというのが洋服職人の始まりのひとコマです。どうです？　面白い話でしょう！

その後、慶応元年（1865年）には幕府が開いた陸軍伝習所にひとりの男が伝習生として参加していました。彼の名は沼《ぬ》間《ま》守一《もりかず》。

沼間は新しい時代を創る少壮の指導者という自覚が発達した人物で、軍備のひとつとしての軍服も自国で調達すべきだと考えました。偉い人ですねぇ……指導者という言葉はこういう行動が出来る人にこそ似つかわしいものです。

で、軍服を日本人の手で作るべく、彼は日本人と比較的体形の似ていた小柄なイギリス人と交渉し、25両で一着の軍服を買い上げ、これを解体して洋服の型紙を作るという頭のいい行動に出ました。もう、憎いほどの機転の利き方ではありませんか。

その後、沼間に集められた足袋職人、仕立屋12人が、その型紙を元に羅紗《ラシャ》で軍服に似たものを作り上げたというのが、和製第1号の洋服作りの背景です。

ちなみに彼がここまでスムーズに洋服作りの指導が出来たのは、陸軍伝習所でフランスの教官が持参してきた軍服を着た経験があったからだということですが、それにしても、ちょっと袖を通した経験があるだけでよくそこまでに至ったものだと感心します。


♪


洋服維新の面白い話はまだまだありますが、それはまた別の機会にでも書くとして、では何故日本人はせーのという状況で洋服を着たのでしょうか？　いくら西洋化したからといって、今まで着て来たものを簡単に脱いでしまうことに抵抗はなかったのでしょうか？

もちろん、武士や政治家の間でも洋装化には賛成派、反対派の入り乱れた考えがあったようです。そりゃそうですよ、何十年も着て来た着物を脱いで洋服を着ろといっても「わしゃ、これでええんじゃ！」というジジィだって続出したに違いありません。

これが統一されたのはなんと洋服大評定という会議があったからです。開国して新政府が出来ても、それまでは不統一で、洋服あり、着物ありのメンバーが集まっていたわけですが、とうとう明治4年に「洋服を正式な衣服にすべきか？」という大会議を行ったというのです。

すごい話ではありませんか？　国をあげて洋服を着るべきか否か会議をしたんですから。今でいうとどういう感覚なんでしょうか……国会で「明日からもう一度、正式な服装は着物にするべきか？」と首相が提案して、民主党が真っ向から反論するとか、そういうことでしょうかね。昔は着るものは人の顔と同じ。国の誇りを示すものだったのですから、大事な会議だったのでしょう。

結論として、この会議は大論争の結果、時の外務卿副島種臣《そえじまたねおみ》が「わが国の天業は正義をもって世界に挑むことなり。さればこの際世界的な服装を用いるべし」と言い放ち、西郷隆盛がそれに賛成して可決したと記録されています。

日本人は政府の会議で、正式な格好は洋服！　と決めたわけです。だからその時点から天皇陛下を頂点に洋服を着るということになったのですね。このくだりは芝居でも書きましたが、国家としてはすごい決断だったのではないでしょうか。

新撰組《しんせんぐみ》のブームなどで、よく近藤勇《いさみ》と土方歳三《ひじかたとしぞう》の写真が出てますが、ご存知の方も多いように、近藤勇は着物姿、一方、土方は洋服姿です。たった数年の間に日本人が見事に洋服に着替えた足跡が2人の写真からも見てとれます。そしてどちらが少しばかり長く生きたのかさえ……。

余談ですが、土方歳三は若い頃、仕立職人の弟子をやっていたらしく、着物くらいだったら自分で縫えたということです。そんな彼だからこそ洋服の構造にも興味を示し、いち早く洋服を身につけたとも言われています。ボタンくらいちょちょいと縫い付けたのでしょうかね。写真で見る限り、清廉な風情のあるいい男です。「幕末に生きた男達の中でもやはりトシ様が一番ですわ」とおばさんしてしまうのは、私が『燃えよ剣』に影響された世代だからでしょうか。

さてさて、そこまで一気に着替えていった日本人の洋服観はどうなのでしょうか？現代人の洋服へのこだわりは？

私はなんだか、表面を飾るために着ているものすごく畏《かしこ》まりすぎた服と、家で着るだらしなさ過ぎる私服の差に憤りを感じています。

日本人は今や洋服を着ているのではなく、裸じゃいられないから、とりあえず身を包んでいるだけではないのか？　と。夏の盛り35度を超す日も多いというのに、スー

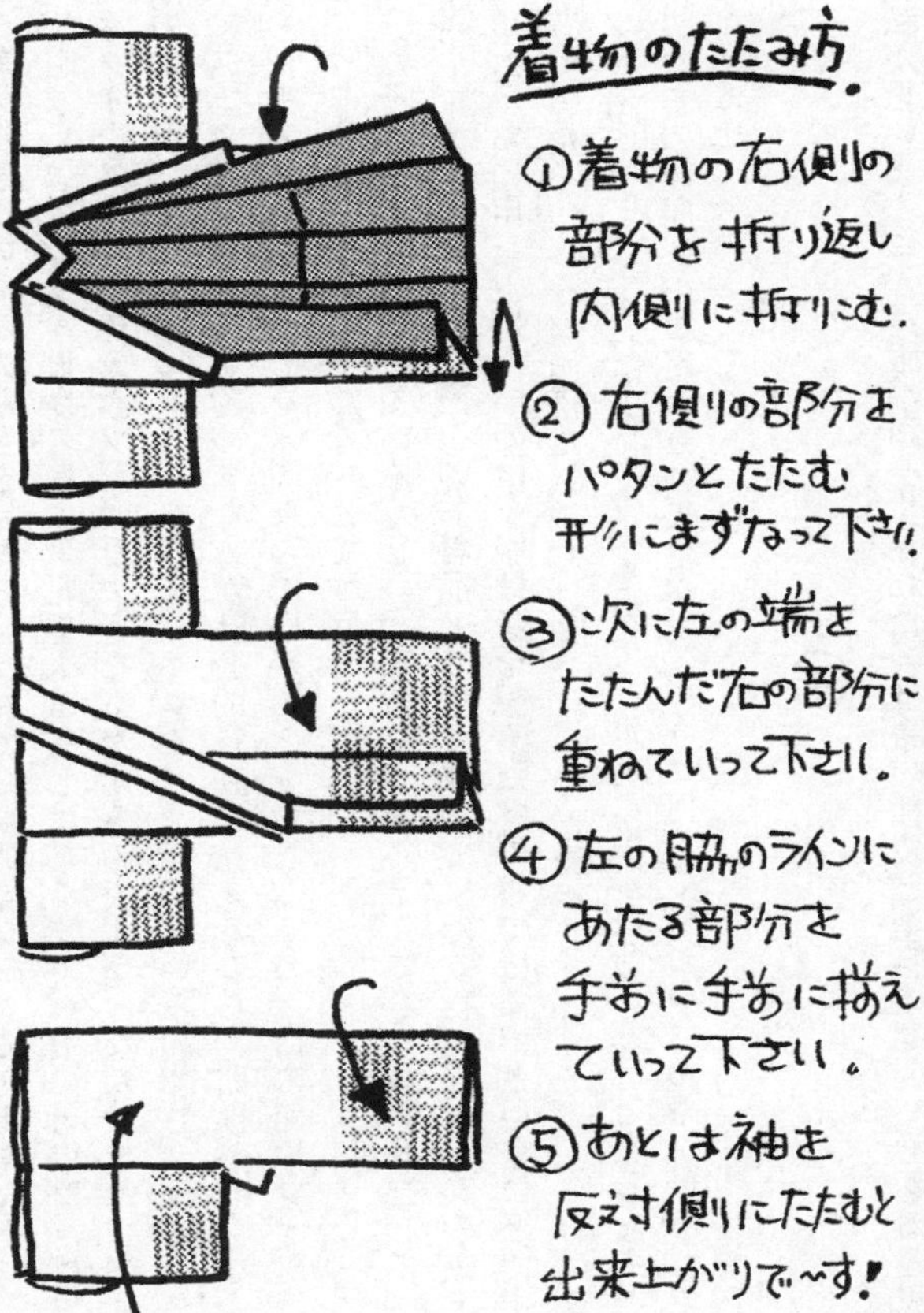
着物のたたみ方.
①着物の右側の
部分を折り返し
内側に折りこむ.
②右側の部分を
パタンとたたむ
形にまずなって下さい!
③次に左の端を
たたんだ右の部分に
重ねていって下さい。
④左の脇のラインに
あたる部分を
手前に手前に揃え
ていって下さい。
⑤あとは袖を
反対側にたたむと
出来上がりで～す!

ツを着て汗を拭いてる人たちを見たら「なんで？　開襟シャツでええやん！」とも思ってしまいますねぇ。確か、第二次世界大戦後しばらくまで、夏の暑い盛りは男性もネクタイを外し、開襟シャツだったような気がするのですが。なんでまたこの亜熱帯圏のような日本で長袖のシャツを着て、ネクタイを締めているのでしょうか。それは単にスーツにネクタイを締めてた方が社会的行動に見えるから、開襟シャツなんか着たら何故着てるか説明しなきゃならないから……でしょうね。白の開襟シャツほど男をセクシーにみせる襟元《えりもと》はないんですが……。

　またそんなスーツを着ているくせに、家に帰ったらとんでもない格好をしている人も多いです。女房がスーパーの衣料品売り場で買って来た安物のジャージの上下を着てる人たちに申し上げたいのは、服は身を隠すだけの布ではないということです。

　昔の男たちのような洒落《しゃれ》た気持ちはどこにいったのでしょうか？　「今日はこのスーツを着よう」「家ではこのシャツを着て、近所に散歩に行こう」と楽しんでいた明治男たちの洋服へのこだわりの果てが、「どうせ何着てもおっさんやからな」ではいただけません。

　私が思いますに、洋服が画一化されたのは布の性質と染料のせいでもあると思います。綿、ナイロン、レーヨンなどは洗濯にも耐え、重宝です。また化学的に調合された染料は自然のもので染めるのではないので色も落ちないし便利ではあります。要するに既製品としては申し分ないものです。

しかし、それらは非常に似た色合いと質感しか生み出しません。そのせいで現代人のお洒落心をくすぐる範囲が狭まってしまったのも事実ではないでしょうか。

一方、着物はどうでしょう？　というと、これは非常に不思議なものです。特に絹の着物は化学繊維に染めたものとはまったく違う発色をします。自分は紺が似合うと思っていても、着物を着たら全然違ってたという話はよくあります。むしろその方が似合うので好んで着るくらいです。

私も洋服では絶対に着ない黄色や水色を着物だったら着ます。

着物の場合はその他にも襟をどうするかで顔映りが全然違います。単に白い襟をかけるのではなく、少しオフホワイトっぽいものにした方が清潔感があったり、男の人なら薄い水色や紺をかけると上品に見えたり、ピンクっぽいベージュをかけると粋《いき》に見えたりします。

また女物は絵柄が入るので、個性をふんだんに生かすことも可能です。その他、帯との相性や、小物、裏地の色合い、草履《ぞうり》の鼻緒の色に至るまで組み合わせは千差万別。同じ着物でもこうも変わるかという演出も可能です。

そう、洋服にはそういう風に組み合わせたり、小物の色合いを変えたりする楽しみが少ないのかもしれません。今また若者の間で着物がブームになっているのにはこういう背景もあるのではないでしょうか。

そしてなにより、洋服は人を立派に見せるために作られるものですが、着物は人が立派でないと着ても似合いません。ここが双方の一番異なる点です。

洋服はカッティングやパッドなどの補整が入ってるので、着る人を正式の場にふさわしく演出してくれたり、社会的に見せてくれます。しかし、着物は恐ろしいことに人を選びます。色合い、柄などで誰が着ても似合うというような都合のいいことにはなりません。人によっては同じ着物が上品に見えたり、下品に見えたりと、全然違ってくるのです。

だから着物愛好家は口うるさいのかもしれませんが、着る方が勝負する気持ちがないと負けてしまうという奇妙な民族衣裳です。

それゆえに明治以来、洋服が一般化してきた日本の中に綿綿と生き残ったのかもしれません。うちの母などは着物を選ぶ時に「ああ、これはええ反物《たんもの》や。安いのに着る者を上品に見せてくれるわ」などと言います。子供の頃は謎の言語でしたが、今ではよく分かります。

今の日本人は、西洋化した後の日本人らしさを形成する時代に入ってきているのでしょう。そのためには和も洋も知った上でチョイスできる賢さを身に付けないといけません。そうでないと、本当のアイデンティティーとやらも生まれないでしょう。着物と洋服。かつては脱ぎ捨てられたものと受け入れられたものでしたが、これからは選んで着替えるものとして両立されていくのではないでしょうか。

損得どちら？

失礼な質問ですが、あなたはお人よしですか？　誰でもつい信用してしまう、涙もろい方だという人種でしょうか？　私はけっこうそうですね。誰かを信用して失敗するという苦い経験を何度もしています。

その一番遠い記憶は小学生の時でした。家の前にある神社で夏祭りがあり、父親からおこづかいを貰って、いそいそとお祭りに出かけました。その日は、普段10円のおこづかいの10倍、１００円も貰ってご機嫌でした。

まだ小学校の低学年の頃でしたから、昭和40年くらいだったと思います。あの当時は１００円あったら、いろんなことができましたねぇ。

そんな幸せの絶頂の日に、私はある少女に騙されました。今では、その時どうしてよく知らない上級生と一緒になったのか覚えていませんが、ともかく何故か年上の女の子と喋っていて、だんだんその子のペースに巻き込まれていったのです。

日頃、男の子とばっかり遊んでいた私がなんでほとんど知らない女の子と遊んだのか分からないのですが、その子が金魚の柄の浴衣を着ていたことだけは覚えています。話がどんな展開になったかは記憶にありませんが、「そやから100円出してみ」と彼女に言われ、何かを買わされる羽目になりました。その時自分ではちょっと嫌だなと思っていたにもかかわらず、私は抵抗できず、文句も言えずに、なけなしの100円を出してしまったのです。

彼女と別れて、家に戻る時点ではもう騙されてお金を使わされたことが自覚できていましたが、悔しいというより「やられた」という思いで呆然としていました。

家に戻って「お金取られた……と思う」と両親に言うと、損をするのが大嫌いな母が真っ赤になって怒り出し、その子の家に行くと言い出して、泣いて止めたのも覚えています。

悪いのは自分だということが分かっていたからだと思います。父親は「もう他の子に言われてもお金は出したらあかんで」と言い、50円をそっと出してくれました。子供には甘い人だったので。

不思議なのは、近所の女の子だったはずなのですが、彼女に関する記憶はそれっきりだということです。小学校も一緒だっただろうし、どこかで会って「あいつや」なんて思うこともあってよかったはずなのですが、私は何も記憶していません。よっぽど自戒の念にとらわれていて、騙した相手を気にするより、自分の情けなさを反省していたのだと思います。

芝居の台本などを書くようになり、私は時々その女の子のことを幻のように思い出すのです。おそらく10歳にも満たない少女でした。

そんな小さな女の子の中に、自分よりも小さい子供からお金を巻き上げる智恵があったなんて驚きです。頭が良かったという見方も出来ますし、タチの悪いガキやったという言い方も出来ます。

ただ、私と全然違うのは、自分では何もしない方法に長《た》けていたということです。「100円出してみ」といかにも当然のように命令した彼女の誘導術は見事です。魔法にかかったように出したバカな私をじっと見ていた姿も印象的でした。

あの頃から私はなんとなく、女の子に弱い面がありました。中学に入った時もクラスメイトに器械体操部の子がいて、その子に「レオタード買《こ》うてぇ」といきなり言われ、バイトして買ってあげたこともあります。

他の女の子に「なんで、あの子にだけ買うてあげるん?」と迫られ、その子にもバイトしてフォーリーブスのレコードを買わされました。

別に女の子が好きとか、利用されているとか、そういう気はまったくありませんでした。ただ、おねだりされたから何となく買ってしまったという漠然とした感覚でした。

「お前なぁ、それをお人よしって言うんや」と男友達に指摘された時に、「あ、そうなんか。私はお人よしなんや」とやっと気づいたくらいです。

もちろん、天然の性質なので、その後も失敗はたくさんあります。芝居の衣裳をやってくれてる女の子にお金を中抜きされていたのを知らなかったり、母親が手術するからと言われて芝居仲間に何百万も貸してドロンされた経験もあります。

その度に「ああ、お祭りの１００円がここまできたか」と思う日々です。ま、最近は2つも劇団をやってて、そっちにお金を回さないといけないことが多く、そんなバカも出来なくなりました。私としては健全な浪費です。

それにしても、「お人よし」という人種の対極にいる人が意外と多いことにも驚きます。彼ら、彼女らをなんと呼ぶんでしょうか？「詐欺師的行動者」「無神経」「人頼み」……なんだかピンときません。

しかし最近一番しっくりくる言葉を見つけました。「パラサイト」です。寄生するという意味ですが、寄生動物はそれが本能なので、悪いことだと思ってやっていません。生きるために寄生している。

私は人間の中にもそういうタイプの人たちがいると思っています。

あの少女もそんなパラサイトのひとりだったのでは？　と思うと、40年も経ってちょっと納得した感じです。

パラサイト的な言動をする人は比較的女性に多くみられます。生きるのに賢いというほかありませんが、何人かの実例を見てみましょう。

私の友人Mちゃんは、典型的なそのタイプです。自分の目の前にあるお菓子の袋を私に渡してにっこりと笑い、「開けて」と言う人です。

普通だったら「自分で開けたら？」と言い返すのでしょうが、私はそういうことがまったく気にならないので「ん」とか返事して開けてあげてしまいます。このへんでお祭りの１００円を思い出せよと反省するのですが、その瞬間は何故か誘導されがちです。

Mちゃんは旦那さんが「こんな風に魚を煮て食べたら美味しいよ」と料理を作った日に、「わぁ、上手やね。これからもやって」と言い放ちました。旦那にしてみたら、これからやってほしいから見本を見せたはずだったのに……彼は泣く泣く煮魚の係に

やるからいいよ〜
やって！やって！
イエ〜イ！
損な人は自ら
そっちへ向かってる？

なってしまったのです。

また、知り合いのKさんは一見するとキャリアウーマンで、ちゃっちゃと何でもするのですが、やってくれる人がいると突然、獲物を見つけた雌豹《めひょう》のような形相になります。

私の目の前でいきなり「あ、新幹線に間にあえへんわ。電話しょ」と先輩の男性を携帯で呼びつけたことがありました。「もしもし、Kです。今から新大阪送ってぇ」と甘えた声で言い、実際に迎えに来てもらい、とっとと車に乗って行きました。

後で聞くと、彼女はその先輩にはいつもそんな風に電話するそうです。先輩の方は「Kちゃんはあんな性格やから、いつもはメチャメチャよう働いてるのに、誰もフォローしてあげへんやんか。実際、あんな時でも僕くらいしか送って行けへんでしょ。ひとりくらい言うこと聞いてあげんと可哀相やん」とおっしゃってましたが……いやいや、ひとりも言うこと聞かんでええんちゃうかな？と私は内心思ってしまいました。

また古い知り合いの女優Hさんは、彼氏と同棲している時に「かけおち同然で、本当にお金がない」というのが口癖でした。周りも親に反対された2人に同情していたので、しょっちゅう彼らを家に呼んで食事をごちそうしたりしていました。うちにも時々ごはんを食べに来てましたね。

ところが、そんな彼女がある日突然、母親と旅行に行くと言い出したのです。「いつも食事とかおごってもらってるし、お土産買ってくるわ」とHさんは嬉しそうに言ってくれました。

その顔があまりにも素直に嬉しそうだったので、「お母さんと和解したん?」と聞くと「ううん、休戦。旅行は前々からの約束やったから連れていってもらうねん」と答えたのです。

私は呆れてものが言えないという経験を生まれて初めてしました。Hさんの抱えている現実と私たちのそれとはあまりにも大きな開きがあったからです。

同じような例で、私の友人Qも被害を受けたことがあります。彼は芸人で、付き合っていた女の子の両親に結婚を反対されました。「芸人ふぜいに大事な娘はやれん」という、今時ではない理由でした。

Qと彼女はそれに反発し、とうとうかけおち。そして、ついには親も納得させて結婚に至ったのです。なんという美しい恋愛でしょう……そこまでは。

というのも、その後、Qは新妻の言うことをどんどん聞いていく羽目になったからです。奥さんはピアノをやっていたらしく「もう一度音楽学校に行きたい」と言い出し、Qが学費を出すことになったり、また卒業すると「カナダに行く」と言い出し、とうとう生まれた子供をつれて行ってしまったのです。

大阪の芸人の女房がカナダでピアノを教えて悪いというわけではありませんが……その後、彼女は永住すると主張し始め、カナダに家を買いたいと言い出しました。

その時に我が家にも「カナダで家を購入するんですが、日本みたいにコンパクトな家がなかなかありません。で、みなさんお願いです。カナダに別荘を持っていると思って一口乗りませんか？　一部屋分くらいの融資をしていただいたら、嬉しいです。家の管理は私がしますので、いつでも来て下さい！」というファックスが流れてきました。

「ああ、Qの心情はいかに！」と私は口に出して独り言を言ってしまったほどでした。でも奥さんには悪気は小指の先ほどもなかったのです。それは彼女に会ったことのある人なら誰でも分かることでした。彼女は単にそういう性格なのです。

こんなことを書いてると、パラサイト的な人たちはひどい人間のようですが、決してそうではないのでしょう。彼らはとても自分に素直で、やりたいことがハッキリとしているのです。だからある意味では意志が堅く、目的を達成出来る人種とも言えます。

　逆にお人よしという人種は、振り回されて、何者にもなれず、損するばかりで目的から遠ざかってしまうのかもしれません。

　単体でその人の人生を見たら、誰に寄生しようが初志貫徹した人物の方が偉いという結果が出るのです。そしてその人が高い目的を達成すればするほど、後世の人間は褒め讃えます。古今東西、偉人と讃えられるほとんどの人がパトロンを要したことも、その裏づけでしょうか。

　ま、そういう人に巻き込まれてちょっと奉仕した程度では、誰も偉人扱いしてくれないのは当たり前ですが……。

　さてさて、お人よしとパラサイト。どちらが人間らしいんですかね？

家庭内派閥

我が家にはかつて犬と猿とキジが飼われていました。そうです、母が桃太郎のシャレで飼っていたそうです。

……その時点で母がただの動物好きだということが分かっていただけるとは思いますが、そこへ私が生まれてきたらしく、彼女は「桃太郎が生まれたよ」とペット達に報告したというではありませんか。

「ちゃうちゃう、おかしぃで！　桃太郎ちゃう、私は女やし、誰もお供にせぇへんし」その時喋れたら突っ込んでいたかもしれません。

子供の時の記憶にキジはあまり入っていません。たぶん籠《かご》に入れられていたか、私が生まれたことで早々に貰われていったのだと思います。……まさか食べられてはいないでしょう。

犬。これまたあまり記憶にありません。昔の家だったので土間で飼われていたためだと思います。

猿。これはよく覚えています。私と2匹の猿はたいへんな仲良しで、屋上にあった物干しで遊んだりしました。ひとりっ子だったのでいい遊び相手だったように思います。それに向こうにしてみれば新しく赤ん坊がやってきて自分達が面倒を見てやらねばと思ってたに違いありません。名前はモンタロウとモンコと言いました。

彼らは私が3歳の時に母の友人のドクターに貰われていきました。我が家が引越しをすることになったのでそのためだったと思います。かすかに母が別れを惜しんで泣いていたのを覚えています。

恐ろしいことにその上に猫がゴロゴロいました。子供心にゴロゴロという感じだったのですが、母に聞くと12匹くらいいたそうです。2歳児だった私にはとうてい覚えられない数だったようで、名前も全然記憶にありません。

大阪は西区九条という所から東区（現中央区）玉造という今の実家に引越した時に、母は「二度と動物を飼わない」と宣言しました。そんなに大量に飼っていたくせに今さら何を言ってるのだと誰かが突っ込んだかも知れませんが、母には一大決心だったようです。

ところが、これは今でもはっきり記憶していますが、我が家は結局すぐに犬を飼うことになりました。というのも、仕事で長年客船に乗っていた父が定年になり陸《おか》に上がって生活を始めたからだと思います。

その日、私は家に定着して住み始めた父に連れられ散歩をしていました。父にとってはそういう行為も楽しい陸生活の一環だったのでしょう。近所の大阪城をぐるりと回って家路に就くときに一匹の犬が付いてきました。

犬は茶色と白のブチで、痩せていて小柄でした。「付いてきよるなぁ」と父は困ったように言いましたが、どこかで飼われていた犬だったのか人間を怖がる風情はありませんでした。

そしてとうとう家の前まで付いてきてしまったのです。「どうしょうかいな」と父は自転車を片付けながら言いました。そして私の方を見て「飼《こ》うたるか？」と聞いたのです。

私はなんとなく相談されたことが嬉しくて「うん」と答えてしまいました。思えば、その後十数年にわたって我が家に犬が代々居続けることになった最初のきっかけでした。

犬は安直にポチと名付けられました。メス犬で賢い犬でした。必要以上に餌を欲しがらず、父の散歩相手としての役目を心得ていました。

余談ですが、このポチと私は何度か父のお供で遊郭に連れて行かれ、女郎さんとすっかりご機嫌な夜を過ごした父に忘れられてきたようです。置屋の帳場で待ちくたびれて眠っていた私とポチを母が迎えに来てくれたのを思い出します。アホな親父でした。

さて、ポチは当時たいへん若いメス犬だったと推察されます。なんせ飼ってから4回は出産しましたので、当初はピチピチギャルだったに違いありません。

当時はまだ野良犬も多く、我が家の周りにも捕獲員の車が来ていたような時代です。ポチが本能に負けて行きずりのオス犬と一夜（そんなに長くありませんね）を共にしてもおかしくない状況でした。

彼女の出産はほとんど見たように思います。最初は7匹くらい産みました。ほとんどが子犬の時に貰われていきましたが、ハリーというメス犬だけがとうとう貰い手がなく家に残りました。メス犬は子供を産むので貰ってくれる家が少なかったからです。

昭和40年代だったので、犬の貰い手もたくさんあったみたいです。泥棒避《よ》けになるというのが最大の理由で、今のように家族の一員として飼われるペットというイメージとはほど遠い時代です。

そうやって我が家にはポチの系譜の犬が四代居ました。中には大阪城のお堀に飛び込むような大事件をおこした犬や、捕獲員に捕られて保健所まで迎えに行った犬もいましたが、概《おおむ》ねみんな大人しい、健康な犬だったように思います。

四代目が死んだ後は何故かチンが貰われて来て、別の系譜が始まりました。チンは雑種と違って少し小ぶりでよく吼《ほ》えましたが、あっという間に近所のオス犬と情事を繰り返し、雑種の血の混じった子供をポコポコ産みました。そうなんです、うちの両親は血筋には興味がなかったみたいですね。犬は散歩のお供と玄関の客人対策にさえなればいいと思っていたのでしょう。

餌も味噌汁に冷やごはん、魚の頭やちょっと身がついてる食べ残しの骨なんかが主流でしたが、みんな嬉しそうにいただいてました。

そんなわけで、私はほぼ少女時代を犬と共に過ごしたわけです。犬の従順さや、賢さが好きですし、ちょっとドン臭いところも愛しています。

「猫派？　それとも犬派？」と聞かれたら「犬派です」と即答する人間だったのです。ところがです！　我が家のチンの家系の犬が死んでしまった後、なんと母は猫を飼いだしたのです。これには私も驚嘆しました。

今までは気軽に散歩に連れて出たり、餌をやると甘えてきたりする単純で可愛い犬たちと過ごしてきたのですが、猫はそういうわけにはいきませんでした。

しかも、私が東京に住んでいた5年の間に実家で勝手にそうなっていたのですから、お正月に家に帰るまで知りませんでした。

ある年末、実家に戻ると母が居ないかわりに大きな猫がドンと座っていました。

「え?」と驚いている私に彼は近付くでもなく、怒るでもなく、ただ周辺に存在していました。

「なんや、こいつ?」と見守っていたのでしょうか。ともかく実家の中で猫を見たのは幼少の頃よりなかった経験だったので、母の帰りを待ちつつ年末の夜をその猫としばらく過ごしました。

猫なので餌をやっても見向きもしませんし、手なずけられるという雰囲気さえありませんでした。愛想がない！という第一印象だったように思います。

そこに母が戻って来ると、彼女はいきなり「あんた、何してるの！　その座布団ミーちゃんの座布団やんか」と言い放ったのです。

そう、私が久しぶりに実家に帰って座っていた座布団は飼い猫のベッドだったのです。猫はそのことを主張して私の周りにいたらしいのですが、犬と違って主張があやふやなので私にはまったく分からなかったわけです。

「なんやそれ、ほんなら怒ったらええやん。猫ってシャーとか言うやんか」と私は言いましたが、母は「この子はそんな気性荒くないねん」と子供のように猫を撫でて答えました。

違う……明らかに歴代の犬たちと扱いが違うと私は察しました。母は今まで犬に「この子」なんて言ったことは一度もありませんでした。要するに彼女は犬派ではなかったのです。

そう言えば最初に犬を飼い出したのも父と私が拾ってきたからだったし、昔飼っていた時も桃太郎のシャレで飼っていたわけです。母が犬が好きだと言ったことは確かになかったように思います。

猿を手放す時に泣いていた姿を思い起こすと、要するに母は抱いてあやせるペットが好きな人種だったのだと、その時やっと気がつきました。てっきり犬派だと思っていた我が家ですが、実は母だけが猫派だったわけです。

現在、母の家には猫が3匹居ます。例のミーちゃんが死んで以来しばらく飼ってなかったのですが、貸していた事務所の人が飼っていた猫を面倒みているうちに、猫好きの血がむくむくと蘇《よみがえ》ってきたようです。

それがトラちゃんという名のキジ猫。そして1年後に福ちゃんという足が一本ない

母の家の
4匹のネコたち
長女トラ：元はお社長の
買ってきたネコ。それゆえ
甘えそびれたのかワガママ
次女フク：母が
拾ってきたネコ
後の左足を
ケガして切断。
3本で器用に
歩いてる。
三女ユキ：
不気味なネコ…いつも
じっと人間を見つめ
ているので小怖い。
長男タロー：
うちの旦那が拾ってきた
黒ネコ。人なつこくて犬の
ような感じ。やんちゃ者。

猫を飼い出しました。野良猫だったそうですが、イタチに噛《か》まれて大怪我をし、母とその友人が病院に連れて行くと切断したら生きられるという診断が下ったそうです。後ろ足なのでピョコピョコ歩きますが、生活に支障はないようです。その後、その福ちゃんの姉妹にあたる猫がまた加わりました。白っぽい綺麗な猫なので名前は雪ちゃんになりました。

さて、問題は母の猫可愛がりです。なんとその3匹の猫たちはお刺身なんぞを食っているのです。以前、母に「トラちゃんが食べへんかった刺身余ってるけど食べる?」と言われて貰ったそれが、よこわ(まぐろの子供のことです)のトロでした。一緒に食べたオカマの友人が「旨いわぁ、何よこれ。あんたのオカンって猫にトロ食わしてるの?」と半怒りだったのを思い出します。

人間がそんなことを言って感心するほど美味しいものを食べているにもかかわらず、実家の猫たちは好き嫌いが激しいようです。母が次々にいいものを食べさせるから舌が肥えてしまっているのでしょう。

また彼女が猫を膝に抱きながら「よしよし、ええ子やねぇ」と言いつつ、私を見て「あんたも小さい頃はこんな感じじゃったのになぁ」と嘆いた時は腰が抜けそうになりました。

彼女は甘える小動物が大好きなのです。そしてそのとおりに猫たちが母に甘え、他人が来るとさっと家の奥に引っ込んでしまうのを見るとぞっとします。私も幼年期は甘えたがりな好き嫌いの多い女の子だったのかもしれません。

実家の隣に家を建てることになった時、私は絶対に犬を飼うつもりでした。黒いパグが理想的だなぁと思って、ペットショップに見に行ったこともあります。

うちの旦那もあまり動物に興味はなかったようですが、さすがに黒パグの不細工でキュートな姿にほだされたのか「飼うか？」などと言ってたものです。

それなのに、なんと彼は大阪城でジョギング中に黒い子猫を拾ってきてしまったのです！　大事件でした。なんで猫やねん！　と私は内心思いましたが、子猫には乗り切れないほど猛暑の夏だったので、飼うことに同意しました。

猫はタローと名付けられました。隣の実家から母が飛んできたのは言うまでもありません。あれほど嬉しそうな母の顔を見たのも久しぶりでした。

ところが、犬派の私が教育したせいか、タローはかなり犬っぽい性格になりました。何でも食べる雑食ですし、抱かれるのも好みません。呼ぶと走ってきたりして、猫には珍しい人なつっこい奴です。

私達が芝居の稽古などもあり、かまってやれないので母の家に遊びに出掛けています。いえ、最近は餌も貰えるので住んでいるという感じですが、それでも実家と我が家をせっせと往復して遊びます。

これくらい犬っぽかったら猫でもいいか、と私も最近は思っています。タローだったら、犬を飼っても馴染《なじ》むだろうという安心感もありますし。

総体的に女は気まぐれな猫を、男は従順な犬を好むと言います。あなたはどちらですか？　私の長年の疑問は、母があんなに猫派だったのにずっと犬を飼い続ける父に文句を言わなかったことです。彼女の忍耐強さが気まぐれな猫に憧れ、溺愛《できあい》する原因なのでしょうかね。

新旧取り合わせ

携帯電話をお持ちでしょうか？　この質問はもう愚問かもしれませんね。私の知人でかなり文明の利器を嫌っていた作家が、最近ついに携帯電話を購入しました。原稿も未だに手書きだったし、ファックスも自分では使えない人だったんですが。その彼が携帯電話を持つ……なんという時代の進化だろうかと妙に納得してしまいました。彼が持ってるくらいだから携帯を持たない人なんてもういないかもしれないと思うこの頃です。

私が初めて携帯電話を持ったのは1993年だったでしょうか。当時、作家のマネージャーをしていたので必要があったからですね。どこにいても電話が出来る。これは移動の多い仕事をしていたその頃、なかなか画期的なことでした。

しかし、当時は充電機が重く、しかもすぐチャージ切れするので、ムカムカさせられるものでもありました。

あの頃の情けない話をひとつ。私はせっかく携帯電話を所有していたにもかかわらず、ある東京出張の際に「重いし、東京だったらどこにでも電話あるから今回は持って行かなくていいか」と置いていったのです。

ところがそんな時に限ってです！　新大阪に向かう車に乗っていたら、突然、運転していたアシスタントの男の子が「あれれ？　故障かな？」と言い出し、ストップしてしまったのです。忘れもしない十三《じゅうそう》バイパスの上でしたね。

悪いことにそれは真夏で、しかも真昼間。2車線しかないバイパスの片方を完全にふさいだ形で車はエンコして止まったまま。後続車は迷惑そうに私達を見て迂回《うかい》して行きました。高速道路ではないので電話もない。どう考えてもどちらかが歩いてバイパスを下りて行って、修理の依頼の電話をしなくてはいけない羽目に陥ったわけです。ええ、まぁ何故か目上の私が下りて行ったんですけどね……。

「ああ、なんでこんな時に携帯を持ってなかってんやろう！」私は天を仰いで嘆きましたね。気温は34度だったと後で聞きました。「どうりで暑いと思うたわ」とくらくらしたものです。

あの時の経験で、少々重くても絶対に携帯電話を持つ、出張時は絶対に電車で移動かタクシーに乗る！　という習慣が身に付きました。人間学習せねば！　はぁ……携帯電話さえ持っていたら！　……そう思うと今でも十三バイパスを通る時に悲しくなります。

その2年後、阪神大震災が起きました。1995年1月17日のことでしたね。空前の大惨事。朝、地震で飛び起きてから実家の心配や、神戸方面の親戚、友達の安否の確認、仕事や芝居の稽古の連絡……何もかもがこの間のことのように鮮明な記憶であるのは、やはり人の生死にかかわっていたからでしょうか。

あの時、関西の電話状況は最悪でした。大阪↓神戸間がほとんど不通、もしくは話し中の状態。他府県からは関西地方一帯にかからないことが多かったらしく、東京の友達などは大阪も神戸と同じような状況だと思ったそうです。神戸以外のところになら大阪から掛ける分にはかかったのですが……。

そんな中、最初に情報が流れてきたのは「尼崎《あまがさき》に一歩でも入ったら、神戸方面への公衆電話が通じる」という噂でした。神戸方面の親戚や友人を心配する人が詰め掛けたのは言うまでもありません。

私も神戸の親戚が多かったので行きました。しかし、どこの駅の公衆電話も長蛇の列で、とても順番を待っていられないような状態でした。そこで活躍したのが携帯電話です。まず尼崎市の武庫之荘《むこのそう》という駅まで友達を訪ねて行き、その帰りに垂水《たるみ》区という所にいる親戚に電話をしました。大阪からはかからなかった電話が簡単にかかり、私は多くの親戚と何年かぶりに話をしたのです。

その時、駅の公衆電話に並び、待ちくたびれていたひとりのおじいさんに「孫に無事を知らせたい」と頼まれ、かけてあげました。それもすぐに通じてたいへん感謝されたのがいい思い出です。「携帯電話って偉い！」私はその時に確信したのです。


そう思ったのは私だけではありませんでした。関西人の大半がその重要性を確認し、多くの人が大震災をきっかけに携帯電話に加入したのです。一時、東京から出張に来る方が「大阪人はなんでみんな携帯電話を持ってるんだ？」と不思議がったほど、普及率は急激に増加したのです。

そしてメール機能の発達。私たちの連絡方法は多種多様になりました。メールは電話よりも相手の状況を考えなくて済むので便利に使われるようになりました。多くの高校生がメールに夢中になるのは、私たちの時代の交換日記や手紙ごっこと本質が変わってないことを示しています。

また、男女の仲で交わされるメールも、直接言えないことを書くという行為で表すので、とてもロマンチックな日本人的な行為だと私は思っています。ま、自転車に乗ったままメールしてるような若者も見かけますので、ほどほどにしてもらいたいとは思いますが……。

確かに、時間の節約になりすぎて働きすぎになる傾向とか、秘密の漏れやすい状況など、いいことばかりではないですが、概ね私は携帯の味方です。

さて、パソコンの普及で連絡方法の多さには拍車がかかる一方になってきましたね。まず家に封書でくる手紙、電話、ファックス。そして携帯にかかってくる電話、メール。パソコンのメールと家に居るだけでも6種類。会社に行っても封書、伝言メモ、電話、ファックス、パソコンのメール、ホームページの書き込みとチェック機構は6種類。家と合わせるとなんと12種類の連絡チェックがあるわけです。はっきり言ってそのチェックだけで一日が過ぎてしまう日だってあるくらいです。

一時はペーパーレスの時代が来るなんていいましたが、どうしてどうして、けっきょくパソコンに貰った書類もプリントアウトするので同じことです。時代は便利になるどころか複雑になり、統一性がないのでややこしくなったという印象です。

そんな中、私は最近携帯の便利さの次に、ハガキや手紙を書くことに喜びを覚えています。時代に逆行しているのかもしれませんが、もともと手紙好きが嵩《こう》じてエッセイを書くことになったようなものなので、封書を出すことのワクワク感を取り戻したくなっているのかもしれません。

思わず、新しい筆ペンも購入しましたし、生まれて初めてペン習字の本なんか買っちゃいました。そうそう、何年も買わなかった綺麗な便箋《びんせん》とかも買いましたね。根がおっさん体質なんで、中年女性がよく買う押し花の付いたようなのは買えませんでしたが……シンプルなものをね。

手紙好きが再燃したきっかけは幾つかありました。ひとつは劇団員のお父さんから手紙を貰ったことです。彼は幾つくらいの方なのでしょうか、息子が26歳なので50代になったばかりくらいかもしれません。

息子であるK君は最近うちの劇団に入って来た新人ですが、礼儀正しく、甘え上手で、真面目な若者です。食えない職業を選ぼうかというくらいの頑固者なので、ご両親もさぞ心配なことだろうと思っていたのですが、いただいたお手紙には「夢のない青春を過ごすよりは、演劇に夢を託したあの子を今後とも親として見守ってやりたいと思います」と書かれていました。

感動的なお手紙です。私は何度も読みました。そしてお返事を書くのに何度も考えたり、書き直したりしました。

手紙にはやはり人の真実が書かれています。メールのように気楽な感じはないですが、出すという行為自体がハードルが高いものなので、そこまでするからには！ と

る
〒
町行く人の中
手紙を出す。
とてもいい時間だ。

いう、どこか心の中をさらけ出せる魅力があるように感じます。

それに手紙は急ぎません。今日でなくとも、明日でなくとも、いえいえ考えようによってはひと月先でもまぁいいかという優雅な時間が流れています。だからこそ何度も読みたくなり、何度も書き直したくなるのかもしれません。

それから、ある友人からの一通も印象的でした。何年も連絡をとっていなかったのですが、もともとものすごく断続的に長い手紙を出し合う仲でもありました。彼は小説を書いていて、そのことでフランスにいったりもしている男性です。

久しぶりの手紙は今年の春に交換したのですが、その後、私が返事を書こうと思いつつ時間を過ごしてしまっていると、共通の知人が突然亡くなり、また手紙が届いたのです。

彼は手紙の最後の方で「切ない」という表現を使いました。私はその行をしばらく眺め、そして最近自分は切ないなどという言葉を使ったことがあるだろうか？　と自問しました。

それだけではなく「なぁ、あんたにとって切ない時ってどんな時？」と他人にも聞いてみました。大人にとって切ないという感情になるのはどういうことなのか？　彼の手紙の中の文章を思い出しながらしばらく考え続けたのです。

私は返事を書きました。長い返事だったような気がします。パソコンではないので、投函《とうかん》したら何を書いたかまでは再確認できませんが、送ってしばらくするとまた返事がきました。

それは今度は絵ハガキで、フランスから送られてきました。そこには何故か私の手紙をコルシカ島まで持って行って改めて読み、ちょっぴり泣けましたと書かれていました。それで私たちの久しぶりの往復書簡は終わり、知人への追悼にもピリオドが打たれたような気になりました。

きっと、私たちはどれくらいの時間を共有したか？　という観点から見れば、友達の「と」の字にも至らない関係かもしれませんが、手紙という手段でしか言葉を交わしてないけれど、多くのものを共有している友人だと私は確信しています。それは彼の言葉の陰に感じるものや、絵ハガキの写真、フランスまで私の手紙を持って行ってくれたという行為に裏づけされているからです。

先日、後輩の子供から貰った手紙も素敵でした。彼は3歳で、最近手紙を書くことに凝っているらしく、私にも書いてくれました。もっとも中には自分のお気に入りのアニメのキャラクタが描かれたイラストだけが入ってましたが。「何を書いて入れるの？」という母親の問に対して「見たらダメ！」としか答えず、親にも秘密の手紙をくれたようです。彼にはすでに一人前の男の子の気持ちが備わっているのでしょうか。嬉しい手紙でした。まだ返事は書いてませんが、今度ちゃんと切手を貼って彼宛てに返事を書こうと思ってます。（これは子供には嬉しい事件みたいですよ。私は時々出すのですが、幼稚園から小学校の低学年くらいまでの子供は自分宛てに手紙がくると大人になったようで喜ぶみたいです。）

さて、私が感じているように、現代人には毎日のように連絡をとるべき人と、人生の中で数回しか会わなくても連絡したい人がいます。そんな状況を叶《かな》えてくれるのが携帯電話と手紙かもしれません。その他のものはだんだん退化してくる可能性すらあります。

便利さと不便さ。毎日確認したい愛情もあれば、数年に一度でいい友情もあるわけです。それを使い分けるのが21世紀の大人ってやつなのでしょうか。あなたはどちら派？　あるいは何派ですか？

組織とは！

やはり、私が一番気になっているのは劇団のことです。身内ネタで申し訳ないですが……。

うちの劇団リリパットアーミーⅡも、よそと同じくドーナツ化現象っていうんですか？　年上の層と、年下の層にバッチリ分かれ始めています。上は40代中心。下は27歳を頂点に若者のグループです。

その間に3人の33歳のチームがあったんですが、ひとりは休団中。ひとりは療養中。もうひとりも客演などが続き、あまり劇団に帰って来られない状況です。なんと言うか……やはり30代は辛くなるんでしょう。体力、気力、バックボーン……すべてが芝居をすることと反してくる時期ですから……。

さて、その二層に分かれた年上のチームはどういう人間が集まっているかと言いますと、芝居をやめられない人種なわけですね。芝居以外にも選択肢はあったけど、けっきょく芝居を選んでしまった集まりです。

うちの劇団は私を含め、年上チームは全員今の劇団が2つ目、3つ目というキズモノです。言ってみればバツイチ、バツニの集団なので、今の劇団とは別れたくない人たちなわけです。

座長である私も同じです。私は今の劇団が4つ目です。ま、私の場合は劇団以外にもうひとつユニットを作っているので、都合5つの劇団に関わったことになりますが、どちらにしてもリリパットアーミーⅡが最後の根城と決めています。今度劇団を辞める時は、完全にフリーになる時でしょう。

小さな決意ではありますが、年上チーム全体がそう思っているのは意味のあることです。説教するにしても真実味が出ますからね。

「あのな、よそに行っても同じやで。うちなんかマシな方や。外で一から苦労するねんやったら、ここの方がマシや。先輩の意見聞いて話しあえよ」などと後輩に言う時に重みがでるからです。なんせみんなスネに傷持つ身の上、離婚の相談には慣れてます的なアドバイザーになれるわけです。

ちなみに年上チームのうち40代の4人は食えています。これは「芝居では食えない」という神話を覆すもので、若手にとっては大いに心丈夫な手本と言えるでしょう。

なんせ、私の若い頃には先輩がまず食えてないので、説教にも真実味がありませんでしたから。

４人のうちのひとりは私です。芝居で食ってるというか、演劇の世界を中心に書きものと併合して食えている感じです。これでも劇団では筆頭です。

あとの３人のうち、座長代理を務めているコング桑田という役者は、もともとゴスペル歌手という顔を持っていて、今年からミュージカルの舞台にも立っています。「レ・ミゼラブル」という作品の中でテナルディエ役をやっているので、もしかしたらご覧になる機会があるかもしれません。その時は「ああ、こいつか」と思ってやって下さい。

彼は「レ・ミゼラブル」のために44年住み慣れた関西を離れて、東京に単身赴任中です。いくら名高いミュージカルに出演しても、東京と大阪の双方の家賃は払えないというのが現実だったからです。

東京で主催される芝居では、地方の役者を雇っても宿泊費は出ません。東京で制作してるのだから当然、東京人でないといけないわけです。ですから東京で仕事があっても、大阪の役者は宿泊費を考えるとトントンというのが現実です。コングの場合はそれでも食えるようになっただけラッキーでした。

さて、他には生田朗子《いくたあきこ》という女優がやはり40代ですが、彼女は関西にある劇団ひまわりというところで講師をしつつ生計を立てています。劇団の芝居に出演しつつ、講師をやるのは大変ですが、それまでの実績があったので、融通が利くようです。

もうひとりはうちの旦那、朝深《あさみ》大介《だいすけ》。今年40歳になりました。30代から遅巻きながら演出をやるようになったので最近、小さめでも仕事が入ってくるようになりました。

食っていくだけではなく、好きでこの世界にいる実感みたいなものを得られるのが、演出の魅力でしょうか。役者として表に立っている時もそれなりに緊張感があっていいのですが、作る側にも達成感があるものです。

そんなこんなで40代はなんとか食ってます。それでも20代の若者に「20年我慢したら、芝居で食うことは出来る」と言ってあげられるだけ、うちの劇団はマシな方です。俗に言うスターがいませんが、職人の集まりみたいなところが売りです（ちょっと負け惜しみですがね……）。

さてさて、そんな年上チームの特徴は、劇団員でありながら、それぞれが「個」であることです。「役者はすべからく個人商店」と言った友人がいましたが、上手い言い方です。

役者は劇団以外の人たちとの関わりを広げるのも、仕事のひとつです。それは劇団やマネージャーの仕事の範囲ではありません。要するに個人を信用してもらう世界なのです。

いくら「うちの○○は歌が歌えますんで、使って下さい」とスタッフが売り込んでも、聞いてもらえない。ところが個人的にカラオケに一緒に行ったことがあったりすると、「ああ、あの人か」と仕事に繋がったりする。ハリウッドスターでさえ、顔見知りの方が仕事に繋がるのが早いというくらい、いかに人付き合いをしているかで、仕事が決まるものなのです。

マメによその芝居を観に行く人は、必ず顔を覚えてもらえるようになります。まぁ、それが嵩じて、東京の芝居を観に行くと周りが役者だらけで、一般の人に観せなくていいのか？　と思うようなこともありますが……。ともかく、自分の所属する芝居という世界をより愛している者、より時間を捧げている者が、仕事を回していけるという仕組みです。

そのためには個人の意見や、美意識が確立してないといけません。そういう点で役者は外国人のように、パーティに行っても誰とでも喋れる人間にならないといけないのです。面白い話のひとつやふたつ出来ないといけないのは当たり前のことです。

さて、一方若者チームはどうかというと……どうも気になるのは「つるみやすい」ことです。

うちの若手は何かというと一緒にいます。「荷物運ぶの手伝って」と言ったりすると、6人くらいの若者が何も考えずに一緒にやってきます。最近では「若いもん、力の強い方から2人来て」と細かい指示をしたりします。

「考えて行動しろ」と年上のメンバーが言うと、お互いに顔を見合わせて、牽制《けんせい》しあったりします。

この兆候は男の子によく見られます。女の子は数が少ないこともあるし、やはり男よりもしっかりしているので、自分でちゃっちゃとするのですが、男どもは体だけ大きくて知能が回っとらん！　という時が頻繁にあります。

それを怒ると返事はたいてい「自分じゃ判断できないと思ったんで」とか「僕は入って間もないんで」という言い訳が返って来ます。ひどいのになると「何も聞いてなかったんで」という子もいます。

そうなると「でた！　何も聞いてなかったんで男！」と私は声を大にして言うことにしています。「何も聞いてなかった」ということは何か命令されないと動けないということで、たいへん危険な発想です。

劇団員はイベントの臨時要員ではないのです。一時しか雇われてないバイトなら指示を待つのは当たり前ですが、ギャラも発生しないような劇団に、自ら飛び込んできて「何も聞いてません」とは何事か！　とこっちは爆発してしまうわけですね。

劇団ちゅーのはありがたいもんやそれくらい分かるやろ！
先輩が来たらともかく挨拶や！きらいでもせーよ。
カンパイはじゃますんな。
なんでもええから笑顔でおれよ！

「好きで入ってきてんやろう？　分からんかったら率先して聞いたら？」と言いたくなるのです。

そういう行為は芝居に出ます。自分勝手な芝居をして「何も指示がなかったんで、これでいいのかと思ってました」などと言い出すような役者になりかねません。それが怖くて私たちは若者に個人商店になれと勧めているのです。

「演出から何も言われてない」という盾でもあるかのように、彼らは正当性を主張するわけですが、芝居の世界に正解はないので、当然、いつも正しいものも決まっていません。その芝居、組む人で変わる「場」に対応して、自分も変わっていかないといけないのです。そうです、芝居の世界は全てがその場のリアクションなのです。

ですが、それくらいならまだいいのです。最近もっと怖いのは、彼らは「これでいい」と思っているのではないだろうかということです。

どうも、説教しても何しても、「俺らはまだまだ先が長い。40代になったら先輩みたいに食っていけるねんから、今焦っても仕方ない」と思っている風情があるのです。

これはとんでもない勘違いです。みんな切磋琢磨《せっさたくま》し、焦ったり、泣いたり、悔しがったりしてきて、40代になって食えるようになったわけですが……彼らを見てると時間を持ってる者に特有の呑気《のんき》な感じがしてなりません。

分かっていただけますね？　私の言いたいこと……要するにうちの若手の劇団員は、ちょっとのんびりしているような気がするのです。

私たちが普段「役者なんかすぐには食えるか！　努力しまくって20年かかる」とか「一生やる気やったら、腹据えろ」なんて言ってるので、その気になってるのかもしれないんですが、なんというのか先も見えずに走っていた私たちには「おいおい、お前ら、目標は俺たちでええんか？」という怖さがあるんですね。

劇団にいたら着実に悪い所を直していってもらえるから、安心でーす。みたいな呑気さが、いい意味で上品なお坊ちゃんを作るんだったらいいんですが……どうも雑草根性で育ってきた我々には、彼らの呑気さが腑《ふ》に落ちません。

うちの若いもんはこんな調子でいいんでしょうかね？　このままでは「恵まれた環境に育った、ひとりでは何も出来ない子供」になってしまいそうで、とても不安です。

個と集団。関わり方の難しさが身に染みる今日この頃です。あなたは後輩にそんな不安を抱きませんか？　この心配がすでに過保護だという話でもあるんですがね……。

大阪の人は「はい」という返事をあまりしない。常識的にはよくないことだとされているが、とてもいいことだと私は思う。

例えば大阪弁で「このお菓子食べる？」と聞くとする。すると東京の人は「はい、ありがとうございます」と返事する。いいことなのだが、後が続かない。そういう意味ではさすがは標準語、整理整頓された言葉だなと感心するが。

関西人に同じことを言うと「このお菓子めっちゃ好きやねん」とか「食べる、食べる。何これ？」という返事が返ってくる。だからその後も会話は自然と続くものだ。

今、稽古中の芝居に東京の女優さんが出ているのだが、大阪弁に四苦八苦している。その上、せっかく発音が合ってきたら私が「ニュアンスがちゃう。もっと会話を切らんと、続けようと思って喋って」とダメ出ししたので、パニックになられた。

「え？　会話を切らないってどういうこと？　台詞はここで終わってるよ」と言うのである。

「そうじゃなくて、大阪の人って言うことは終わっても、まだ後が続きそう

はいと言わない大阪人

に喋るもんやねん。『はい』って返事せんと、『それ知ってる』とか『別にええけど』とか答えるのよ、わかる？」と私はまた続けた。

彼女が再びパニックになったのは言うまでもない。

「はい」というのは最低限の返事で、それ以上会話しなくてもいいきっかけにもなる。嫌いな人には「はい」と言っておけばいいという原理は嘘ではない。

だから私は「はいと言わない大阪弁促進運動」に乗り出そうと思うんである。会話は人生最大の娯楽である。それを最低レベルですませては面白くない。まず大阪弁から「はい」を取り除きたい。

あとがき

集英社文庫さんから『大阪の神々』という本を出したのがきっかけで、『大阪弁の秘密』、今回の『大阪人の掟《おきて》』となぜか大阪シリーズのようなものを出し続けている。

「大阪人が大阪の本なんか読むんかな？」と正直最初は思ったが、大阪の人はタイトルに大阪と付いてるだけで買ってくれるようだ。

実際に担当の編集者も「大阪っていうより、東京方面の人が興味を持ってくれるように大阪を付けようよ」なんて言ってたのに、「なんだか知らないけど、大阪の方がよく売れるんだよなぁ」と毎回首をひねっている。

なんぼほど自分好きが多いねん？　とも思うが、きっと私も「大阪の……」と付くと、ちょっと手にとってみるんだろうなと思う。ほんまに大阪人は大阪好きで面白い。

この本を文庫化する時になにかインパクトのあるタイトルにしようということで、「大阪人の掟」になった。とても気に入っている。大阪人はこのタイトルに弱いと見ている。私もきっと弱い。「大阪人の掟？　なんやそれ」と絶対思う。そして本を買う前に自分で勝手に「大阪人の掟って……なんやろうな」と考えるに違いない（あなたはどうですか？）。

そんな人が買ってくれる時の光景を想像しながら、わくわくしてる著者っちゅうのも、なんやろ？　と思いつつ、やっぱりわくわくしてしまった。

大阪人は人なつこいとか、大阪人はお喋《しゃべ》りが多いなどと言うが、昨今の若者はそうでもない。大阪に住んでても、どことなく他人と距離を置く子も多くなったし、大人しい男の子も多くなった。

少し前、タクシーに乗った時に運転手さんが「大阪人も歩くん遅うなりましたなぁ。昔は北浜《きたはま》の辺のサラリーマンなんか速かったけどなぁ」と言っていたのを印象的に思い出す。かつては世界一歩くスピードが速いと言われていた大阪人も、経済的にまいってるのか、ちょっとスピードがなくなったようだ。

ある新聞記者が「大阪人の悪いところは自分の好きなもんばっかりしか見えなくなったことです。野球やったら野球ばっかりで、他のこと知らん。横に興味を広げるようにならんと、東京に負けてばっかりです」と言っていた。

そうかもしれない。今の大阪人はちょっとお金に余裕がないので、視野が狭くなっているのかも。「何してもしゃーない」「貰《もら》えるもんは貰っとけ」「放《ほう》っとけ、放っとけ」なんて負の言葉ばかりが大阪イズムになってきてしまっている気がする。

大阪は常に日本の元気の素であってほしいと思う。本音でぼやいても、それをまた活力に替えられるパワーが大阪らしい。「なんぼのもんやねんっ」「出来るか出来へんか、やってみな分かるか！」「タダより高いもんはない。なんでも手出して貰うたら恥かくで」。そんな大阪人の誇りを取り戻してほしいと思う。

だからちょっぴり弱った大阪に愛を込めて『大阪人の掟』を出版してみた。これを読んで「そやそや、大阪人には掟があるんや」と思い出してもらえたら最高だ。大阪人の掟はなにものにも負けない明るさを持っていることだ。そんな大阪人がまた増えていくことを心から望んでいる。

この本を出すに当たって、「小説すばる」の栗原佳子さん。文庫編集部の山本源一さん、武田和子さん。そして編集者の高相里美さんにお世話になりました。ありがとうございました。おかげさまでまた一冊、大阪の本が出せました。おおきに！

2007年　夏

わかぎゑふ

初出

『小説すばる』

（連載時タイトル「西のしきたり、東の流儀」２００４年６月号〜２００６年６月号掲載）

「大阪人の掟を知ってください①②」の２篇は書きおろし。

「もっと掟を極める――①②③」の３篇は、２００３年〜２００７年まで『産経新聞』大阪阪夕刊に連載された「笑い死に行く大阪弁」「続・笑い死に行く大阪弁」より加筆のうえ収録。

ＪＡＳＲＡＣ　出０７０７８７１-７０１

本文イラスト／わかぎゑふ
本文デザイン／生沼伸子
本書は文庫オリジナルです。

集英社文庫　目録（日本文学）

集英社文庫　目録（日本文学）

集英社文庫

大阪人《おおさかじん》の掟《おきて》

2007年7月25日　第1刷　　定価はカバーに表示してあります。

著　者　わかぎゑふ

発行者　加藤　潤

発行所　株式会社 集英社

東京都千代田区一ツ橋2-5-10　〒101-8050

電話　03-3230-6095（編集）

03-3230-6393（販売）

03-3230-6080（読者係）

印　刷　株式会社 廣済堂

製　本　株式会社 廣済堂

フォーマットデザイン　アリヤマデザインストア　　マークデザイン　居山浩二

ISBN978-4-08-746187-9 C0195